Le Seigneur sans visage

© Castor Poche Éditions Flammarion, 2005.

VIVIANE MOORE

LE SEIGNEUR SANS VISAGE

Castor Poche Flammarion

Chapitre 1

La peur a tant de noms. Et soudain, j'ai l'impression de les connaître tous : frayeur, effroi, panique, terreur, épouvante...

Ici, dans le château de La Roche-Guyon, elle est partout. Elle rampe le long des murs humides, fait grincer portes et planchers, hurler les chiens et trembler les hommes. Elle est dans cette falaise et ce noir donjon qui la surplombe, dans ces souterrains qu'on dit mener aux Enfers. Ces souterrains où, en des temps reculés, parlaient les oracles.

La peur est ici chez elle, comme la brume est à sa juste place sur l'étendue boueuse des marécages.

Je me nomme Michel de Gallardon. Je ne suis qu'un écuyer. Plus un enfant et, hélas, pas encore un homme. Un hiver déjà, un hiver que j'ai quitté le château de mon père pour apprendre à manier le fer et la lance.

Je me souviens de mon arrivée à La Roche-Guyon. Cela paraît si lointain maintenant et pourtant... Je me suis souvent répété que j'aurais dû être attentif aux présages. Il y en avait tant et de si évidents. Des signes de malheur, d'infamie, de mort. Des mises en garde que je n'ai pas su interpréter.

Je me souviens même de la lumière le jour où j'ai laissé derrière moi les lieux de mon enfance. Elle aussi était un présage : un jaune sale, un jaune d'orage qui ne veut pas éclater. Une odeur fade flottait dans l'air. Une chouette débusquée par un renard s'est envolée en plein midi. Ses serres m'ont frôlé. Mon cheval s'est cabré et j'ai manqué être désarçonné. Présage de mort annoncée.

Le vieux Gui, mon serviteur, est devenu tout pâle. Moi aussi.

Trois jours plus tard, après avoir suivi les boucles de la Seine, nous sommes arrivés à La Roche-Guyon. La silhouette massive du donjon dominait la falaise, l'écrasant de sa lourde masse. Le château, à ses pieds, restait invisible, masqué par les frondaisons des grands chênes.

C'est à ce moment-là que l'orage a crevé et que des éclairs ont déchiré le ciel. Des corbeaux se sont envolés en criaillant, le son rauque d'une trompe a retenti, les guetteurs signalaient notre approche.

Gui s'est signé. J'ai serré la petite croix d'argent que je porte autour du cou, caressé mon hermine apprivoisée dont les griffes s'accrochaient nerveusement à mon pourpoint et j'ai talonné mon cheval.

Chapitre 2

De nuit comme de jour, la forme difforme errait dans les souterrains. Tantôt rampant, tantôt marchant. Elle s'arrêtait souvent, à bout de forces, s'appuyant de tout son poids contre les parois vertes d'humidité et de salpêtre. Indifférente à l'eau glacée qui gouttait sur elle, aux chauves-souris ou aux rats qui la frôlaient, aux sifflements lugubres du vent, aux ténèbres. Elle n'avait nul besoin de lumière. Elle connaissait par cœur chaque roc, chaque faille, chaque passage, chaque méandre de la falaise et du château.

Tantôt silencieuse, tantôt gémissant de douleur ou grondant de colère, elle observait la vie des habitants par des soupiraux ou d'invisibles meurtrières, écoutant les pas, les rumeurs, les paroles les plus intimes.

Soudain, elle s'immobilisa, ses doigts griffant la roche, retenant à grand-peine le cri de rage qui allait jaillir de ses lèvres. Un homme était passé non loin d'elle, dans la pénombre des escaliers. Un homme jeune et beau, vigoureux, aimable...

La forme leva une main monstrueuse et frappa le mur sans pouvoir s'arrêter. Ce qui lui restait de bouche esquissa une grimace atroce qui découvrit des dents jaunies.

Un jour peut-être...

Chapitre 3

La salle dans laquelle m'accueillit le seigneur Thibaud était humide et sombre, presque entièrement creusée dans la roche comme le reste de ce singulier château.
—Tu es donc Michel de Gallardon, le fils de dame Catherine, fit Thibaud avant de lire les quelques lignes de recommandation rédigées par notre chapelain sous la dictée de mon père.
Du plafond pendaient des centaines d'étendards, le long des parois s'alignaient des lances et des arcs. Dans la vaste cheminée brûlait un tronc d'arbre dont l'embrasement ne réchauffait que le chien de guerre qui s'était couché devant, les yeux fixés sur son maître, un rictus découvrant ses crocs.

Nos familles étaient cousines par ma mère et je savais que c'était un honneur de faire mon apprentissage de chevalier chez les puissants seigneurs de La Roche, dans cette forteresse plantée sur les rivages de la Seine.

J'avais mis un genou en terre, attendant qu'on m'autorise à me relever, observant à la dérobée le visage et les gestes de celui qui me faisait face. D'abondants cheveux noirs, des traits d'une douceur presque féminine, des yeux d'un gris très pâle, une voix aimable, l'homme était si différent de mon père et de sa rudesse. Un seigneur que ses gens, malgré sa stature, ne devaient guère respecter. Telles étaient mes pensées à ce moment-là. J'allais bientôt m'apercevoir que je me trompais du tout au tout.

Je poursuivis mon examen, remarquant au passage la lourde chaîne d'or à son cou, la chemise de drap fin, le bliaud* écarlate doublé d'hermine descendant jusqu'aux bottes de chevreau, l'épée et le poignard glissés dans une large ceinture en cuir de cordouan*. Ici, tout était plus riche que chez nous, à Gallardon.

* Les mots suivis d'un astérisque sont expliqués dans le lexique en fin d'ouvrage.

—Mon frère Guillaume, le seigneur de ce château, m'a chargé de t'accueillir parmi nous, ajouta soudain Thibaud. Il se réjouit de ta venue. Sais-tu que, tout comme lui, j'ai bien connu ta mère, dame Catherine de Gallardon ?
—Non, messire.
—C'était une femme d'une grande beauté. Des yeux magnifiques, une allure de reine. Sa mort si brutale nous a tous peinés.

Ma gorge se noua. Je ne conservais de celle qui m'avait donné la vie que la petite croix d'argent à mon cou et j'enviais soudain cet homme d'avoir des souvenirs de son visage, moi qui n'en avais aucun.

—Merci, messire, murmurai-je.
—Lève-toi maintenant ! Tu sembles plutôt solide, peut-être un peu trop lourd. Quel âge as-tu ?

Je me remis debout, et répliquai d'une voix ferme :
—Entre treize et quinze hivers, mon seigneur. Je ne sais trop.
—Quelle importance... Il n'est personne qui sache son âge à l'année près ! Tu prendras place parmi nos écuyers et j'espère que nous n'aurons qu'à nous en féliciter. Vous êtes une dizaine à faire votre apprentissage chevaleresque ici, tous

des fils de seigneurs, et j'espère que tu sauras te comporter ainsi qu'il sied à ton rang.

—Oui, messire.

—Dame Morgane, la femme de mon frère, est souffrante. Elle te recevra dans quelque temps. Tu seras à son service comme au mien.

Je me demandai pourquoi je n'étais pas également au service du seigneur Guillaume et pour quelle raison celui-ci n'était pas là pour m'accueillir. Mais sans doute le comprendrais-je plus tard.

—Oui, seigneur, répondis-je.

—Quelle arme sais-tu manier ?

Je me sentis soudain à mon aise, et rétorquai avec fierté :

—L'arc, messire. J'étais le meilleur archer de tout le comté de Chartres.

Thibaud de La Roche-Guyon haussa les sourcils.

—Tiens donc, voyez-vous ça ! Ne serais-tu pas un peu trop coq, mon ami ? L'orgueil nuit à la formation d'un chevalier. Il te faudra plus d'humilité.

Je baissai les yeux sous la remontrance, vexé d'être ainsi rabroué.

—Et qu'en est-il du maniement de l'épée, du fléau* et de la lance ? poursuivit Thibaud.

—Je n'y suis guère à mon aise, seigneur, marmonnai-je.

—À la bonne heure, il nous reste donc quelque chose à t'apprendre !

—Pardon, seigneur, je ne voulais pas...

—Je sais, Michel, mais les mois à venir devraient faire de toi un homme et c'est à celui-là que j'espère m'adresser la prochaine fois. Tu sais que c'est aussi le vœu de ton père ?

—Oui, messire.

—Tu peux disposer.

Je m'inclinai, furieux contre moi-même et contre ce seigneur qui me traitait d'enfant alors que je pensais être déjà prêt à devenir chevalier.

—Je serai digne de votre confiance, messire, fis-je en m'inclinant à nouveau avant de reculer vers la porte.

J'avais la main sur la poignée quand Thibaud me rappela. Le dogue s'était dressé, s'étirant en grognant, un filet de bave ruisselant de sa gueule entrouverte.

—Ah, au fait, Michel, une dernière chose. Tu as vu que notre castel*, par sa position et son architecture, est bien différent de tous ceux que tu as connus.

—Oui, messire, fis-je en songeant qu'effectivement je n'avais jamais vu un donjon se dresser si loin du château qu'il protégeait.

Je me demandais d'ailleurs, car je n'avais vu aucun chemin y menant, comment les hommes d'armes accédaient à cette tour d'aspect si redoutable.

— Le donjon sur la falaise est notre refuge en cas de guerre. C'est aussi la demeure de mon frère et de sa femme, dame Morgane. Nul, hormis moi-même et les hommes du guet, n'y a accès.

— Mais… et mon service à la dame ? Je dois donc l'effectuer ici, au château ?

— Non, quand le moment sera venu, tu te rendras au donjon escorté par l'un de mes sergents. Et n'oublie pas que l'obéissance est une qualité première. Le silence aussi. À La Roche-Guyon, nous n'aimons guère l'indiscipline. Et maintenant, retire-toi ! conclut-il avec un geste de la main.

Chapitre 4

Par une étroite meurtrière, à la limite des murs et de la voûte, l'être difforme avait vu et entendu tout ce qui se passait dans la salle d'apparat.

Sursautant au nom de dame Catherine, il scruta soudain plus attentivement la silhouette solide du jeune écuyer, sa façon fière et orgueilleuse de se présenter, son habit aux couleurs des Gallardon—pourpoint* vert et braies* rouge sombre—, la longue cape de voyage à ses épaules, le couteau au baudrier de cuir.

Le jeune homme sortit et l'être eut un ricanement sinistre avant de faire demi-tour et de s'éloigner dans la pénombre des souterrains.

Chapitre 5

Les jours passèrent, puis les semaines. Le mois de novembre était venu et avec lui les premières gelées.

Thibaud de La Roche n'avait pas menti en annonçant que la vie serait rude. Chaque soir, passé la messe, je me jetais sur ma paillasse et m'endormais épuisé, le corps éreinté, les membres rompus. Je ne voyais même plus Maiole, mon hermine, qui restait dans les communs près des écuries où j'étais logé avec les écuyers. Méfiante, la petite bête ne se montrait pas avant que je sois installé sur ma couche et ai soufflé les chandelles. Elle pouvait alors traverser le dortoir sans être vue et venir lover son petit corps doux et chaud près de ma joue.

C'est ainsi que je m'endormais souvent, tenant sous ma paume un peu de mon enfance. Je lui apportais de temps à autre un morceau de pain, des amandes, des noisettes, mais elle chassait bien mieux que moi et subvenait sans peine à ses besoins, me laissant parfois quelques souris ou un lapereau égorgé en guise d'offrande. Personne ne prêtait attention à ses allées et venues malgré son poil immaculé. De toute façon, nous avions tous fort à faire et peu de temps pour paresser, hormis le dimanche.

Chaque jour, à l'aube, la voix puissante du maître d'armes, Thierry de Lulle, nous tirait du lit et, après une prière à la chapelle, qu'il pleuve, qu'il neige ou qu'il vente, nous partions en petites foulées jusqu'aux eaux glacées de la Seine ou de l'Epte.

Je n'aurais jamais cru cela possible, mais moi qui avais vu tant de gens périr noyés pendant les crues chez moi, sur les bords de l'Eure, j'avais appris à nager. Après une bonne semaine d'efforts, cet exercice, qui m'avait tant effrayé, était devenu mon préféré. J'avais découvert que j'aimais l'eau et la sensation de légèreté qu'elle me procurait. Alors que je me trouvais si pesant à terre, nager était devenu aussi agréable que de chevaucher à cru un destrier. J'adorais affronter les courants, plonger de la rive et ouvrir les yeux sous l'eau pour me glisser tel un poisson entre les hautes herbes du fond.

Je faisais le malin devant les autres, moins à l'aise que moi. Je n'avais pas réussi à me faire accepter du groupe. Ce n'était d'ailleurs pas ce que je voulais, ne pensant qu'à une chose : être leur chef comme au château de mon père j'étais le chef des petits paysans et des enfants de nos vassaux.

Mais je n'étais pas chez moi, et m'imposer, malgré ma stature et mon poids, n'était pas si aisé.

Nous étions une dizaine à apprendre notre métier de chevalier auprès des La Roche-Guyon, tous fils de nobles, jeunes, le tempérament vif et la parole prompte.

Un seul était vraiment respecté, bien qu'il ne cherchât aucunement à dominer. C'était Thomas, fils d'un puissant seigneur bourguignon, le sire de Roucy. D'instinct, dès le premier jour, j'avais senti qu'il serait mon rival, en essayant à plusieurs reprises et sans succès de le défier.

Ce matin-là, la brume recouvrait les eaux de la Seine. Il faisait froid, l'herbe se couchait sous le poids de la gelée blanche et nous attendions, les muscles tendus, alignés les uns à côté des autres, que le maître d'armes nous donne l'ordre de plonger.

Debout à côté de moi se tenait Thomas, mon rival. Grand, bien fait de sa personne, les cuisses et les bras puissants, le poil et le cheveu aussi blonds que les miens étaient noirs. Il était habile en tout, montait à cru les étalons mieux qu'aucun d'entre nous, lançait le javelot plus loin, et même au tir à l'arc il me surpassait parfois, ce que, bien entendu, je ne lui pardonnais pas.

Soudain, à voix suffisamment haute pour que tous l'entendent, je le défiai à la nage.

Le maître, Thierry de Lulle, n'intervint pas. Il avait l'habitude de ces bravades et les encourageait même, jaugeant pendant les combats lequel d'entre nous était le plus agressif, le plus courageux, le plus insensible à la douleur.

Quant à Thomas, il haussa ses larges épaules, un bon sourire sur les lèvres.

—Pourquoi me cherches-tu ainsi, Michel? Tu vaux mieux que ça, et moi aussi.

Un petit rire parcourut le groupe. Je ne sus que répondre et le foudroyai du regard. Il avait le don de m'exaspérer, et ses reparties me laissaient sans voix, comme son attitude généreuse vis-à-vis des autres et sa perpétuelle bonne humeur.

En cet instant, je le détestais, mais la vie

allait décider de nos relations d'une façon que je n'avais pas imaginée.

— Plongez ! ordonna soudain le maître d'armes.

L'eau était glacée. Là où nous nous tenions, le fleuve était large et parcouru de forts courants. Nous devions nager jusqu'à l'autre rive et revenir. Nous n'y voyions rien tant la brume était épaisse, opaque, inquiétante. Le fleuve était mauvais, parcouru d'ondes froides, de courants contraires inhabituels.

J'entendais le souffle de Thomas à côté de moi, la nage bruyante de nos compagnons et, derrière nous, la voix rauque de Thierry de Lulle.

— Par ma barbe, silence, on ne doit pas vous entendre ! Silence ! hurlait-il. Si l'ennemi était en face, vous seriez déjà morts, le corps criblé de flèches !

Thomas et moi avions pris la tête du groupe. Je savais que j'étais meilleur nageur et j'accélérai, le devançant bientôt.

C'est alors que je vis le tronc qui sortait de la brume. Un bois flotté. Un énorme chêne déraciné aux branches squelettiques et blêmes comme autant de bras et de griffes tendus. Tendus vers nous. Je l'évitai de justesse, plongeant dessous, mais Thomas l'aperçut trop tard.

J'entendis son cri, un choc sourd, des craquements, puis plus rien. Je hurlai pour prévenir les autres.

Sur la rive, le maître, qui avait compris le danger, nous ordonnait de revenir. La brume s'était un peu levée. J'aperçus Thomas cramponné au tronc, son visage blanc de douleur, ses yeux fixés sur moi.

Le courant l'entraînait. Je nageai pour le rattraper, du plus fort que je pouvais, réussissant enfin à saisir une des branches mortes. Dans un dernier effort, je me hissai jusqu'à lui.

—Mon épaule, gémit-il. Démise, je crois. Et ma jambe est coincée là-dessous.

—Je vais te tirer de là.

Au moment où je prononçais ces mots, je n'étais pas si sûr d'y arriver. Du sang ruisselait d'une plaie à son front, il était si pâle que je me demandais s'il n'allait pas s'évanouir d'un instant à l'autre et je ne savais pas si je pourrais le dégager.

Je plongeai aussitôt, les yeux ouverts, finissant par apercevoir, malgré la vase qui obscurcissait l'eau, son pied pris dans des racines. Je remontai à la surface pour respirer et sortir le petit couteau qui ne me quittait jamais, puis plongeai à nouveau.

— Le courant est de plus en plus fort et nous allons droit vers les rochers, jeta Thomas alors que j'émergeais à côté de lui pour reprendre mon souffle. Tu risques d'y perdre la vie. Laisse-moi, va-t'en !

Cette fois, je sus quoi lui répondre. J'allais enfin lui prouver qui j'étais.

— Non ! Nous nous en sortirons ensemble, ou pas du tout.

Thomas me regarda d'une drôle de façon et n'insista pas. Malgré le froid, la douleur lui avait fait monter la sueur au front. Son regard vacillait et il se mordait les lèvres pour tenir bon.

Au bout de quatre essais, je réussis à le dégager.

Je glissai mon bras sous son épaule valide et l'entraînai vers la rive où nous restâmes échoués dans les roseaux, le souffle court, le corps couvert de vase, grelottants de froid et de fatigue.

— Dorénavant, ma vie t'appartient, fit simplement Thomas en me tendant la main.

Je la pris et la serrai, troublé, muet. Je m'étais fait un ami.

Chapitre 6

Endurance, souplesse, rapidité étaient les mots d'ordre de notre maître d'armes.

Plus le temps passait, plus je faisais mon apprentissage, et plus je m'apercevais combien la vie dans la forteresse de mon enfance, à Gallardon, près de Chartres, avait été douce.

Quand je n'aidais pas mes amis paysans à la moisson, je partageais mes heures entre les chevaux, la chasse, les filles et de longues siestes sous les arbres avec Maiole, mon hermine. Nul ne discutait ma supériorité, j'étais le fils du seigneur et comme je n'étais pas mauvais garçon, tous me respectaient.

Ici, même pour le tir à l'arc, je n'étais plus le meilleur. Thomas me surpassait. Il me fallait devenir un homme et je découvrais combien c'était difficile.

J'affrontais la solitude et l'angoisse pendant les interminables heures de guet sur les remparts alors que la nuit prenait possession de la forêt et du château, coulant son encre noire jusqu'à mes pieds.

J'étais tenaillé par la faim et le froid alors que nous rampions au petit matin dans la gelée blanche, le ventre vide et les membres gourds. Et j'avais appris ce qu'était la douleur lors de nos multiples combats.

J'avais l'impression qu'au fil des jours mon enfance s'éloignait sans que je devienne pour autant celui que je rêvais d'être.

Chapitre 7

Ma rencontre avec la châtelaine, Morgane de La Roche-Guyon, fut précédée d'un étrange et singulier voyage.

Pour rejoindre le donjon, il avait fallu qu'un sergent m'accompagne dans le dédale des couloirs et des salles creusés dans les entrailles de la falaise. C'était par là, et uniquement par là, que l'on avait accès à la tour où vivaient le seigneur et sa dame.

Jamais de ma vie je n'avais pénétré dans une grotte et jamais je n'oublierai celle-là.

Il y faisait froid et humide, une eau plus glacée que celle du grand fleuve ruisselait sur les parois recouvertes de moisissures verdâtres. La lueur de la torche affolait des colonies de chauves-souris qui s'envolaient en sifflant au-dessus de nos têtes, frôlant nos cheveux.

Je repensai à la bouche des Enfers dont parlaient mes camarades à mi-voix et je n'étais pas loin de penser que je ne reverrais jamais la lumière du soleil.

Je sentais ma peau se hérisser sur mon corps et ce n'était pas que de froid : j'avais peur, ce monde souterrain sans repères, habillé d'ombres mouvantes, m'angoissait.

Nous traversâmes d'étroites passerelles de bois flottant au-dessus du vide, gravîmes d'interminables escaliers de pierre où même l'écho de nos pas devint sinistre.

Je ne savais plus du tout où j'étais quand, soudain, mon compagnon ouvrit une poterne* qui nous fit déboucher en plein jour le long d'une muraille abrupte.

Je clignai des yeux, ébloui. Nous étions enfin arrivés en haut de la falaise, dans la cour intérieure qui enserrait le donjon. Une double enceinte en éperon en protégeait les abords. Une position imprenable cernée à la fois par le vide et par un plateau rocheux aussi lisse que la paume de ma main.

Personne, pas même un chien ou un cochon, ne nous barra le chemin. Il n'y avait pas âme qui vive dans cette partie de la forteresse.

J'entendis l'appel des guetteurs au-dessus de nous, vite repris par les gardes qui arpentaient les enceintes. Toute la vie semblait s'être réfugiée entre le sommet du donjon et les murailles. Rien en dessous. Pas de serviteurs, pas de forge ou d'ateliers, aucune trace d'activité.

Le sergent poussa une porte bardée de fer et nous pénétrâmes dans la tour. Là aussi, le silence. Inquiétant. Pesant.

Des feuilles desséchées jonchaient le sol. Personne ne devait plus entretenir les lieux depuis longtemps. De vieilles bannières étaient accrochées aux parois, quelques lances dans un angle, et partout de la poussière et des toiles d'araignées. Un endroit abandonné. Seul signe de vie, en plein milieu de ce qui avait dû être la salle d'armes, un brasero où se consumait quelque chose que je pris pour du tissu et qui répandait une terrible puanteur.

Le sergent qui m'avait accompagné pâlit à cette vue et recula, m'entraînant précipitamment vers un escalier de pierre.

—Venez! fit-il. La châtelaine vous attend.

J'imaginais mal qui que ce soit vivre dans un tel lieu, mais je ne rétorquai rien car pour l'instant, une fois remis de mon expédition souterraine, mon seul souci était ma rencontre prochaine avec la dame des lieux.

Les autres m'avaient trop parlé d'elle, me disant qu'elle sortait rarement, sauf pour des promenades à cheval ou des bains dans l'Epte avec sa vieille nourrice Bianca, et qu'elle venait de Lombardie, un pays au nord du royaume d'Italie. Tous vantaient sa grande beauté et son extrême jeunesse. Même Thomas, que je tenais pourtant pour le moins fol d'entre nous.

— Je reste ici, fit mon guide en s'asseyant au pied de l'escalier. Vous allez au premier étage, et surtout pas plus haut ! La première porte cloutée à droite est celle des appartements de dame Morgane. Ne vous trompez pas !

Quelque chose dans sa voix et dans ses recommandations m'intrigua.

— Pourquoi « pas plus haut » ?

La bouche de l'homme se tordit et il gronda :

— Notre seigneur Thibaud ne vous a-t-il pas dit qu'il était mauvais de poser trop de questions ?

J'acquiesçai d'un signe de tête et obéis, montant les marches lentement. J'hésitai un long moment devant la porte indiquée puis frappai. Une grosse femme aux cheveux blancs relevés en chignon m'ouvrit, parlant dans une langue inconnue, me dévisageant avec une feinte rudesse.

—Entrez! fit-elle soudain avec un fort accent étranger. Ma maîtresse est là, à vous attendre.

Et elle s'éloigna d'un pas lourd, disparaissant par une porte voisine de celle de sa dame.

Chapitre 8

Comment décrire la châtelaine ? Ma première impression, infiniment troublante, fut que nous avions le même âge. Elle était petite et ses cheveux bruns, longs et bouclés, étaient les plus beaux qu'il m'avait été donné de voir jusque-là. Son visage était celui d'une enfant, un ovale laiteux illuminé par des yeux d'un bleu si intense que je m'y perdis aussitôt. Ajoutez à cette vision une façon de bouger, de marcher, de sourire… et vous comprendrez que je restai muet. Jamais, non jamais de toute ma vie, je n'avais vu plus belle dame que Morgane !

— Je vous ai demandé votre nom, répéta-t-elle doucement.

Je l'entendais à peine. Un brasero garni de

bûchettes de chêne et de brandes de bruyère réchauffait la pièce, déposant un voile brumeux sur le verre de l'unique fenêtre près de laquelle elle s'était assise. Les plis de sa longue robe de drap prune laissaient apparaître des petits pieds chaussés de velours émeraude. Dame Morgane tenait à la main un parchemin et, tout en me parlant, en caressait la peau du bout de ses doigts minces.

— Je n'ai pas entendu, insista-t-elle.

— Michel de Gallardon, ma dame, me forçai-je à répondre d'une voix sourde, tout en fixant ses cheveux dans lesquels scintillaient des perles d'eau douce.

— Eh bien, Michel, tu as perdu ta langue ? Que se passe-t-il ?

Elle aurait pu s'amuser de mon trouble, mais elle ne le fit pas et je lui en sus gré.

Je bafouillai :

— Pardon ma dame, pardon.

— Tu es tout pardonné. Te voilà donc à mon service. Où est Gallardon, Michel ?

— Près de Chartres, ma dame.

— J'ai entendu parler de la Vierge noire. On m'a dit aussi que la cathédrale de Chartres abrite une sainte relique.

Je me sentis soudain plus à l'aise. Heureux

de lui parler de Chartres, de chez moi, des paysages que je connaissais.

—C'est vrai, ma dame. C'est un morceau de la sainte Chemise que portait la Vierge au moment de l'Annonciation. Elle est enfermée dans une châsse en bois de cèdre recouverte de plaques d'or et de pierres précieuses. Un griffon d'or émaillé rapporté d'Orient par les Croisés la protège.

À cette évocation, une expression rêveuse envahit ses traits et noya ses yeux de brume. Le silence s'installa entre nous. Un silence que je n'osais rompre tant j'étais perdu dans la contemplation de son visage.

—Que sais-tu faire? fit-elle enfin.

—Tirer à l'arc, nager, jouer aux eschets*, m'occuper des chiens et des chevaux...

Elle fit un joli geste de la main comme si elle chassait quelque insecte importun.

—J'ai déjà nombre d'écuyers pour tout cela. Sais-tu lire, jouer de la musique ou chanter?

—Je sais jouer de la viole*, ma dame, et chanter ballades, chants d'amour, chants de guerre, serventes*, pastourelles*, lais* et virelais*...

—Comment as-tu appris tout cela, Michel?

—Par un trouvère nommé Taillefer, ma dame, que mon père, le seigneur de Gallardon, a longtemps hébergé au château.

À cette réponse, un éclair de joie enfantine brilla dans ses prunelles, elle se leva et s'approcha d'un pas léger. Elle sentait la lavande et l'églantine. J'avalai ma salive, car l'émotion me nouait de nouveau la gorge.

—Oh, voilà qui est bien, Michel. Tu viendras donc jouer pour moi.

—Oui… fis-je, de plus en plus troublé par sa proximité. Dois-je prendre ma viole?

—Non pas, regarde celle qui est là. Elle vient de mon pays, la Lombardie, je l'avais offerte…

Dame Morgane se reprit:

—Elle appartient à mon époux, qui s'en servait fort bien.

Une viole ovale à trois cordes était posée sur un petit tapis d'Orient, son manche surmonté d'un trèfle sculpté appuyé contre le mur. Un archet droit muni d'une mèche de crin reposait à côté.

—Je peux? fis-je en me penchant.

—Oui, Michel, je t'en prie.

J'attrapai l'instrument, admirant le bois fruitier, vraisemblablement du poirier, ayant servi à faire la caisse, les attaches d'argent gravées d'un motif d'animaux fantastiques retenant les cordes.

Posant la viole contre mon menton, je promenai l'archet, arrachant aux cordes les premières notes d'une ballade avant de reposer l'instrument à sa place.

—Quand dois-je commencer, ma dame? Voulez-vous que je vienne vous faire la lecture? J'ai aussi appris le latin avec notre chapelain.

—Non, pour cela, j'ai Thomas. Je te ferai appeler.

—Je suis votre serviteur, ma dame.

C'est à ce moment-là, et pour la première fois, que j'entendis le «bruit». Ce bruit qui allait bientôt hanter mes nuits et celles de tous les gens du château. On eût dit le lointain écho d'une voix humaine, à la fois hurlement de mort et de colère.

Cela avait commencé au-dessus de moi, et maintenant le son semblait venir de partout à la fois. Il ricochait sur les murs, caverneux et aigu, douloureux et furieux.

Morgane avait porté la main à sa poitrine, étouffant un cri. Puis elle se ressaisit, et une grande tristesse voila son regard.

—Il suffit, pars, je suis fatiguée!

—Mais, ma dame, quel est ce bruit?

— Ce n'est rien, enfant, ce n'est rien. Le vent qui siffle dans le donjon, rien d'autre. Ici, tu l'entendras souvent, le vent…

Jamais de toute ma vie je n'avais entendu le vent pousser pareil hurlement. Le bruit continuait, devenant râle, agonie.

Et pourtant, en cet instant, passé le premier moment de frayeur, le bruit m'importait peu : je découvrais que je n'aimais pas du tout qu'elle m'appelle « enfant ».

Pas elle ! J'aurais voulu être un homme, un chevalier, porter ses couleurs, me battre pour elle, même contre ce vent qui ne ressemblait à aucun autre.

Le bruit s'arrêta aussi soudainement qu'il avait commencé. Je voulus lui dire que c'était elle qui avait eu l'air apeuré, bien plus que moi, mais elle ne m'en laissa pas le temps.

— Allez, allez, laisse-moi, Michel.

Son regard était lointain et si triste que je m'inclinai et sortis sans bruit.

Chapitre 9

Je restai un long moment immobile sur le palier, traversé d'émotions que je ne connaissais pas. Les jambes tremblantes, le cœur battant, essayant en vain de retrouver mon souffle.

Un courant d'air glacé me ramena à la réalité : une porte s'était ouverte quelque part au-dessus de moi et des pas approchaient dans l'escalier en colimaçon par lequel j'étais venu. Ils venaient de l'étage où devait vivre le seigneur de La Roche, l'époux de dame Morgane.

Pour la première fois de ma vie, je commençais à comprendre ce qu'était la jalousie, cette bête qui vous ronge le ventre de ses crocs. De l'envie, de l'impatience, de la colère ; la jalousie était tout cela à la fois. Quelqu'un était le seigneur et maître de dame Morgane et pour elle, moi, Michel, je n'étais qu'un enfant qu'elle chassait quand le vent grondait !

Les bruits de pas se rapprochaient, mais je ne partais toujours pas. Je ne pouvais m'empêcher de me poser des questions. Que se passait-il dans cet endroit abandonné des hommes ? Pourquoi n'avais-je jamais vu le seigneur Guillaume ? Pourquoi dame Morgane ne sortait-elle pas plus souvent ? Pourquoi ne pas aller plus haut ? Pourquoi ne pas explorer ce donjon qui m'intriguait depuis que j'en avais discerné la silhouette noire le jour de mon arrivée ?

Les pas étaient traînants, trop lourds pour être ceux d'un enfant mais trop légers pour être ceux d'un homme. Sans prendre le temps de réfléchir, je me dissimulai derrière une vaste tenture, glissant un œil pour observer celui qui marchait ainsi.

Jamais je n'avais imaginé, même dans mes rêves, un être si petit et si difforme. Vêtu de jaune, de vert et de rouge, un bonnet à clochettes de guingois sur la tête, les jambes et les bras tors, un cou de taureau. Un homme dont le haut du crâne ne m'arrivait qu'à la ceinture ! Un nain !

Un masque de tissu couvrait sa bouche et son nez alors qu'il portait à bout de bras une bassine en fer où trempaient des bandes de tissu dégageant une odeur épouvantable. Il passa sans me voir et continua sa descente. J'attendis un moment, puis à mon tour, me glissai dans l'escalier. Seulement, au lieu de descendre, je montai.

Surtout pas plus haut! N'oublie pas que l'obéissance est une qualité première. Le silence aussi. À La Roche-Guyon, nous n'aimons guère l'indiscipline... Les paroles du sergent et celles du seigneur Thibaud me revenaient en mémoire mais je haussai les épaules et continuai d'avancer quand quelque chose de blanc et de doux effleura ma cheville. Je sursautai, mais me rassurai bien vite en reconnaissant la fine silhouette de Maiole, mon hermine. J'essayai de la siffler, mais elle avait déjà disparu. Elle avait dû me suivre dans les souterrains sans que je m'en rende compte. Je me sentis rassuré par sa présence et avançai d'un pas plus ferme.

J'arrivais à un nouveau palier quand le «bruit» revint. Je m'immobilisai, intrigué par l'impression qu'une voix venait du mur contre lequel je m'appuyais.

Elle sortait de la pierre, furieuse, douloureuse, et grondait si fort que les oreilles me tintaient. Je la trouvais aussi terrifiante que les hurlements de mort d'une meute de chiens d'enfer, que la noirceur de la nuit, que la charge d'un sanglier. Je pouvais maintenant discerner des mots : *maudit*, *malédiction*... Mes cheveux se hérissèrent sur mon crâne, une vilaine sueur mouilla ma chemise, et j'allais m'enfuir quand je me sentis tiré en arrière, soulevé et projeté contre la paroi.

Je m'y écrasai sans pouvoir rien faire puis je dégringolai les marches. Il me sembla discerner le nain. Trou noir.

Je revins à moi sur ma paillasse, Thomas à mes côtés, l'air inquiet.
— Ça va ?
— Oui.
— On m'a dit que tu étais tombé dans les escaliers du donjon en descendant de chez dame Morgane.
— Oui, c'est vrai. Mon pied a glissé.

Je n'ajoutai rien, vexé de ma mésaventure, pas vraiment sûr de n'avoir pas rêvé tout cela.

Les jours passèrent et je mis toute ma rage dans l'entraînement, essayant de surpasser les autres au lancer du javelot et au maniement des haches, des masses d'armes et des fléaux...

Chapitre 10

L'homme recula en protestant dans la pièce, une expression de terreur sur le visage. En face de lui, l'autre continuait à avancer. Une terrible colère tordait ses traits, déformait sa bouche.

—Que voulez-vous…

—Je vais te tuer, fit l'autre, une lueur inquiétante s'allumant au fond de ses prunelles. Maintenant, ici, tout de suite.

—Non, ne faites pas ça. Pitié! Non! implora l'homme dont le dos heurta brutalement l'appui de la fenêtre.

—Tu t'es moqué de moi, tonna l'autre d'une voix forte. Ton obéissance n'était qu'un leurre. Tu as osé me défier.

—Non, ce n'est pas vrai. Pardon, pardon.

—Il est trop tard pour le pardon, et je vais te le prouver...

Une poussée brutale et l'homme bascula dans le vide avec un long cri de terreur. Un bruit sourd ; le corps écrasé au pied du donjon. Puis les trompes des guetteurs donnant l'alerte.

Une âcre odeur de sang et de viscères flottait déjà dans la cour quand les gardes se précipitèrent avant de reculer malgré eux devant l'horreur de cette silhouette disloquée baignant dans un cloaque sanglant.

Le sergent déposa un drap sur le cadavre. Un de ses hommes partit en courant prévenir le capitaine de la garde.

Chapitre 11

Je n'appris les détails de tout cela que le soir, alors que Thomas et moi étions allongés sur nos litières et que la pénombre envahissait le dortoir. Nous étions au haut bout de la salle, séparés des autres par un tas de bois et de fourrage. Tandis que tous étaient couchés côte à côte, de part et d'autre d'une allée centrale, cette position un peu à l'écart nous permettait d'avoir de longues conversations nocturnes. Des moments que j'aimais, où le monde et ses dangers s'effaçaient pour laisser place au murmure rassurant de nos voix.

Mon hermine s'était glissée sous ma paume et je la caressais distraitement, tout au récit de mon ami.

Thomas était de service chez dame Morgane et tous deux avaient vu tomber la silhouette hurlante. La victime était le maître d'œuvre, l'architecte du donjon et du château. Un homme taciturne et silencieux qu'escortaient souvent ses ouvriers, et qui, chaque jour, rendait visite au seigneur Guillaume de La Roche.

—Une chute d'une telle hauteur, tu imagines sans peine ce qui restait de lui au pied de la muraille! reprit Thomas, me décrivant avec une précision dont je me serais volontiers passé les grands sacs de toile et les pelles qu'il avait fallu utiliser pour transporter les restes.

—Oui, oui, fis-je avec une grimace.

J'observai son visage fermé et devinai tout de suite qu'il me cachait quelque chose.

—Tu ne me dis pas tout.

—J'y viens Michel, j'y viens... Après avoir attendu que dame Morgane recouvre son calme, je l'ai laissée aux soins de sa nourrice et suis descendu dans la cour. Il y avait des hommes d'armes autour du cadavre. Ils parlaient de suicide. Pour eux, l'architecte s'était jeté dans le vide.

Quelque chose dans sa voix m'intriguait toujours.

—Mais ce n'était pas ce que tu pensais, n'est-ce pas?

—Je ne pensais rien de bien clair, je te l'avoue. J'avais juste une intuition… enfin un peu plus qu'une intuition.

—Explique-toi.

—Alors que tous contemplaient le corps, j'ai levé la tête pour essayer de voir d'où il avait pu tomber. Il n'y a qu'une ouverture au-dessus de celle de dame Morgane.

—Oui, celle des appartements de sire Guillaume. Mais tu oublies le chemin de ronde encore au-dessus !

—Et toi, tu oublies les guetteurs présents de jour comme de nuit.

—C'est vrai, c'est vrai, approuvai-je, un peu vexé de la sagacité de mon ami. Continue, je t'ai interrompu. Pourquoi me parlais-tu de cette fenêtre ?

—J'ai peut-être rêvé, mais je ne crois pas, répondit Thomas. Une ombre noire était penchée par-dessus l'appui, le visage dissimulé par une ample capuche.

—Une ombre noire…

Les pires visions m'apparurent alors. Des démons aux gueules immenses, aux ongles démesurés, des êtres difformes comme les sculptures mi-hommes mi-animaux de Notre-Dame de Chartres.

—J'étais trop loin et, pourtant, j'ai eu l'impression...

Thomas hésita longuement, puis reprit :
—J'ai eu l'impression...
—Une malemort*!...
—Oui, un meurtre.
—Mais qui? Et pourquoi?
—Pourquoi? Je ne sais pas. Mais qui? J'ai une petite idée. Tu connais le fou de Guillaume?
—Oui.

Je n'avais jamais osé lui avouer les circonstances de ma première rencontre avec le nain.

—J'ai pensé à lui. Tout le monde le déteste au château. Il effraie les femmes et les enfants, il inquiète les serviteurs et il fait parfois des tours pendables aux gens d'armes. D'aucuns, des palefreniers je crois, lui ont jeté des pierres et il a fallu que le capitaine de la garde intervienne avant qu'ils ne l'achèvent. Depuis, paraît-il, il n'a plus qu'une idée en tête, se venger de ceux qui l'ont maltraité...

—Il a des bras énormes et un cou de taureau. Avec la force qu'il doit avoir, il n'aurait eu aucun mal à se débarrasser du maître d'œuvre.

—Oui. C'est même le seul homme de ce château qu'évite soigneusement le dogue de Thibaud.

Thomas se tut, les sourcils froncés puis, un ton plus bas, poursuivit :

— Cette fenêtre est aussi celle de sire Guillaume et je...

— Non! m'exclamai-je, étonné de son audace. Tu n'as tout de même pas imaginé que le seigneur de La Roche-Guyon... Là, tu y vas fort, Thomas! Pourquoi aurait-il fait cela? Pourquoi se débarrasser de son architecte? Non, le fou est plus probablement l'assassin. Peut-être l'architecte l'a-t-il humilié et il s'est vengé?

— C'est possible, reconnut mon ami. Ce fou est vraiment une singulière créature... Il va et vient à sa guise du donjon au château sous la protection de Guillaume. Toujours seul, sans ami, et doté, paraît-il, d'étranges pouvoirs: il apparaîtrait et disparaîtrait, il se joue des murailles et des portes comme un esprit malin.

Des milliers des questions se bousculaient dans mon esprit. Je repris:

— Pourquoi ne voyons-nous jamais le sire Guillaume?

— Il ferait retraite pour étudier et serait de santé fragile.

— Tu l'as déjà rencontré?

— Non. Et cela fait pourtant deux ans que je suis ici! Personne parmi nous ne l'a vu. Il ne tolère pas de visite, hormis celle des siens et du fou.

— Et du maître d'œuvre, lui rappelai-je.

— Trop de mystères pour nous, conclut Thomas avec agacement. Et puis cette mort est l'affaire du capitaine de la garde et des seigneurs, non la nôtre.

Je secouai la tête en signe de dénégation. Je me voyais déjà expliquant au seigneur de La Roche et surtout à dame Morgane que j'avais trouvé l'assassin.

À ce moment, Hervé, un de nos compagnons écuyers, s'approcha de nous, s'asseyant sans façon sur la paillasse de Thomas.

— On ne t'a pas beaucoup vu aujourd'hui.

— J'étais chez dame Morgane.

L'autre hocha la tête d'un air entendu.

— Comment va ton épaule ?

— Bien. Le maître d'armes a un certain talent de rebouteux et le temps fait son œuvre.

Le silence retomba. J'étais sûr qu'Hervé venait aux nouvelles, curieux comme les autres, comme moi aussi, de tout savoir sur la mort du maître d'œuvre.

— Tu as vu l'homme tomber du donjon ? demanda-t-il soudain.

— Oui, mais je n'ai pas envie d'en parler.

— Tout de même, insista Hervé, tu pourrais nous raconter... De Lulle n'a rien voulu nous dire.

— Demain, si tu veux bien.

Le ton était ferme. Il était inutile d'insister.

Le grand Hervé le sentit et se releva avec mauvaise grâce, haussant ses larges épaules.

— Bon, bon, fit-il, maussade. Demain, alors...

J'attendis un moment qu'il se soit éloigné, puis repris à voix basse :

— Le seigneur Guillaume ne sort jamais du donjon ? Vraiment jamais ?

— Non...

Thomas hésitait à nouveau.

— Quoi ? Parle ! le poussai-je, plus excité que je ne voulais l'admettre par toute cette mystérieuse affaire.

— Un des hommes du guet m'a dit l'avoir vu une fois, mais je pense qu'il était ivre.

— Continue.

— Il m'a confié que Guillaume sortait parfois la nuit et que son aspect était effrayant. Que c'était un monstre difforme.

— Nous pourrions questionner à nouveau cet homme !

Thomas hocha la tête et reprit d'une voix changée :

— J'ai voulu le faire, mais il a été pendu haut et court pour avoir volé dans les réserves du château.

— Pendu !

— Oui, tu n'as pas remarqué le gibet à l'entrée du château ?

—Mais je pensais...

—... Qu'il ne servait jamais? Qu'il était juste là pour décourager les voleurs et les pillards? Comme ton père et le mien, les seigneurs de La Roche ont droit de haute et basse justice* sur leurs hommes et ne se privent pas pour l'exercer.

—Jamais mon père n'a fait pendre un de nos gens d'armes! protestai-je. Fouetter oui, bastonner, emprisonner, mais pendre, jamais!

—Le mien non plus, mais les seigneurs de La Roche, oui.

Chapitre 12

Le silence était retombé entre nous et Thomas avait soufflé la flamme de la chandelle de suif qui nous éclairait. Les ténèbres avaient envahi le dortoir mais je n'arrivais toujours pas à trouver le sommeil. Çà et là s'élevaient quelques ronflements sonores et les respirations régulières de nos compagnons.

Comme si elle sentait ma nervosité, mon hermine effleura ma joue de son petit museau froid. Je la caressai à nouveau, hésitai, puis me décidai enfin.

—Thomas! appelai-je à mi-voix. Tu dors?
—Oui.
—Je voudrais... Comment allait dame Morgane?

— Bien, fit-il à nouveau d'une voix lasse.

J'aurais dû le laisser dormir, mais je voulais tout savoir. C'était douloureux de l'imaginer près d'elle. Lui, et pas moi. Je n'avais cessé de penser à Morgane, essayant de l'apercevoir à sa fenêtre, espérant chaque jour son appel.

— Que fais-tu avec elle? insistai-je. Que t'a-t-elle demandé?

Un silence, puis la voix narquoise de mon ami:

— Serais-tu amoureux, toi aussi?

Je me sentis rougir, et me tus. J'avais la réponse à cette question, une réponse terrible. Oui, j'étais amoureux, bien sûr. Pour la première fois de ma vie. J'étais jaloux de Guillaume et de Thomas, et de tous ceux qui approchaient Morgane et qui n'étaient pas moi, Michel, fils aîné du seigneur de Gallardon.

Déjà Thomas reprenait:

— Au château de mes parents, j'ai appris à lire et à écrire le latin et le grec. Dame Morgane, je te l'ai dit, je crois, est une fine lettrée. Elle possède quelques copies faites par un moine de Chartres...

J'avais à peine écouté ce qu'il me racontait. Je le coupai, marmonnant entre mes dents:

— Elle ne m'a pas fait appeler.

— La première année, je ne l'ai vue que deux

fois, fit Thomas pour me consoler. Depuis, elle me fait mander plus souvent.

Je sautai du coq à l'âne.

—Tu as déjà entendu le bruit?

—Que veux-tu dire?... Quel bruit?

—Dame Morgane prétend que c'est le vent, mais c'est comme le hurlement d'un loup ou celui d'un homme blessé à mort.

—C'est drôle que tu dises ça. Mais oui, je l'ai même entendu pendant la chute du maître d'œuvre.

Ma pensée était revenue au seigneur des lieux.

—M'as-tu vraiment tout dit sur Guillaume de La Roche?

—On ne peut pas en parler demain? me supplia Thomas, fatigué.

—Non! Réponds-moi.

—D'accord. Mais après, on dort.

—Je te le promets.

—Bon. Mais je n'en sais guère plus. C'était un grand guerrier et un parfait chevalier, plein de courage et de compassion à la fois. Il est revenu au château l'an dernier, après cinq ou six ans de croisade en Orient. Tout le monde le croyait mort, sauf sa femme qui refusait de porter le deuil de son époux et guettait chaque jour sa venue. Pendant son absence, c'est son frère Thibaud qui a administré le domaine avec dame Morgane. Il continue d'ailleurs à le faire.

—Et à son retour au château, tu l'as vu?

—Non. Il est arrivé de nuit, une vague silhouette encapuchonnée sur un palefroi* que les hommes de garde ont saluée. Il a gagné directement le donjon. Les jours suivants, le maître d'œuvre est venu avec ses ouvriers faire des travaux dans la tour, le château et les souterrains.

—Et depuis, il n'est plus ressorti?

—Non... Sauf si l'on croit ce que racontait le soldat.

—*Effrayant*, il a dit qu'il était *effrayant*... Un monstre qui sortait parfois la nuit venue! Et l'odeur?

—Quoi l'odeur?

—Oui, tu sais bien, cette puanteur et ces linges qu'on brûle dans la salle basse.

—Je ne sais pas, Michel.

—Pourquoi une famille si riche et si puissante laisse-t-elle à l'abandon la partie où vivent le seigneur et sa dame?

—Je me suis maintes fois posé ces questions sans y trouver réponse.

Je me tournai, me recroquevillant sur moi-même. Tout cela ne me plaisait guère. Je me sentais bien loin de la simplicité du château de mon enfance et de l'affection bourrue de mon père. Une vague angoisse me serra le cœur, une prémonition. Tout ici me paraissait si inquiétant.

J'avais même été séparé de mon vieux Gui que le seigneur Thibaud avait affecté d'office aux cuisines. Je ne le voyais plus que rarement. Heureusement, il y avait Thomas, qui, de jour en jour, s'avérait le plus solide des amis.

— Dormons, maintenant, ordonna-t-il. Demain, la journée sera rude, le maître d'armes nous l'a annoncé, tu as oublié ?

— Bien sûr que non, soupirai-je en tirant l'épaisse couverture de drap jusqu'à mon menton et en resserrant mes doigts sur la fourrure tiède de Maiole.

Chapitre 13

La nuit était tombée depuis longtemps quand on frappa deux coups secs à la porte de dame Morgane.

— Ouvrez! Ouvrez, c'est moi, Thibaud!

Une bougie de cire d'abeille éclairait encore la pièce. Dans la cheminée, le feu était mort et un vent glacé sifflait par le conduit noir de suie. Soucieuse, inquiète depuis la mort du maître d'œuvre, la châtelaine n'était pas arrivée à trouver le sommeil. Elle se releva, frissonnante, glissant ses petits pieds nus dans des chaussons de fourrure, s'enveloppant d'un épais manteau de drap qu'elle serra contre elle.

— Que voulez-vous, Thibaud? demanda-t-elle à travers le vantail.

—Ouvrez, ma dame ! Les choses dont j'ai à vous entretenir ne peuvent se dire dans un couloir.

—Il n'est pas bien que je vous ouvre à pareille heure, Thibaud, et vous le savez. Si vous voulez vraiment me parler, allez chercher Bianca dans sa chambre et réveillez-la.

—Je vous en prie, ma dame, tout ceci est trop grave. Je vous en prie. Il y a là question de vie et de mort.

À contrecœur, Morgane finit par céder, soulevant la barre de fer qui maintenait sa porte, et Thibaud entra, refermant sans bruit le battant derrière lui. Il était pâle et agité.

—Que voulez-vous, Thibaud ? interrogea sèchement la jeune châtelaine.

—Vous étiez avec un écuyer cette après-midi ?

—Oui, soupira Morgane en s'asseyant dans son fauteuil, j'étais avec Thomas. Mais je ne pense pas que vous me dérangiez en pleine nuit pour savoir quel est le jouvenceau* qui m'a fait la lecture ?

—Vous semblez fort goûter sa compagnie... insista le seigneur.

Son regard n'avait pas quitté celui de la châtelaine, qui eut un geste agacé.

—Cessez ce jeu, voulez-vous? Et pourquoi me parler de Thomas? Ce n'est qu'un enfant.

—Il me semble, ma dame, que vous n'êtes vous-même guère loin de l'enfance. Et puis, ces écuyers sont tous, vous le savez aussi bien que moi, amoureux de vous.

—Mais moi, je n'aime que mon mari, rétorqua-t-elle.

Thibaud s'approcha plus encore, la frôlant. Morgane sursauta comme si un serpent l'avait piqué.

—Vous n'étiez point si cruelle quand vous croyiez mon frère mort, remarqua Thibaud avec aigreur.

—Que dites-vous là, messire! Vous n'avez jamais eu mes faveurs. Mais vous-même étiez plus délicat avant le retour de sire Guillaume. Depuis, je ne vous reconnais plus. Jamais avant vous n'auriez osé me parler ainsi ni me toucher! Vous n'étiez qu'attention et douceur.

À ces mots, il se jeta à ses pieds, le regard implorant, prenant l'une de ses mains dans les siennes.

—Je le suis toujours. Pardon, ma dame, mais tout ceci me rend fou. Savoir ce que vous risquez…

Morgane posa sa main sur les lèvres de Thibaud.

—Taisez-vous! Je ne risque rien, j'aime mon mari, et rien ne saurait m'atteindre. Mais pourquoi avez-vous demandé à me voir?

Le cadet des La Roche se leva, rageur.

—Pourquoi? Mais vous le savez pourquoi! Guillaume est fou et dangereux! Ces croisades et son malheur lui ont ôté le sens, et en plus, maintenant, c'est un assass...

—Taisez-vous!

Morgane s'était dressée, blanche de colère.

—Je ne croirai jamais ceci, vous m'entendez?

—Le maître d'œuvre est mort, ma dame.

—Je le sais.

—Et c'est tout l'effet que cela vous fait!

Les larmes montaient aux yeux de Morgane, qui se tordit les mains.

—Vous savez très bien qu'il est tombé de la fenêtre de mon frère, reprit-il sèchement. Qui d'autre que lui pouvait le tuer?

—Non! Non! C'est impossible. Pourquoi aurait-il tué cet homme?

—Pourquoi a-t-il entouré ses travaux de secret? Il n'a voulu dire à personne, pas même à vous sa femme, ni à moi son frère, ce qu'il faisait creuser dans les souterrains, au cœur du château et du donjon. Maintenant il a supprimé la seule personne qui connaissait le mot de l'énigme. Guillaume est fou, vous dis-je !

Morgane revécut la chute du maître d'œuvre, l'horreur du corps qui s'écrase au pied du donjon. La sonnerie du glas. Son époux qu'elle n'avait pu approcher ce soir-là. Tous ces soupçons qui lui avaient ôté le sommeil. C'en fut trop pour elle, elle cria :

—Sortez, Thibaud ! Sortez !

—Vous ne pourrez pas toujours le protéger. Ni moi non plus, d'ailleurs... Qui sait qui il va tuer maintenant ? Sans doute les assistants de l'architecte, et nous peut-être ensuite...

—Non, c'est insupportable ! fit-elle en posant les mains sur ses oreilles. Je ne veux plus vous entendre. Vous parlez de votre frère, et vous savez quel homme c'était.

—Je le sais mieux que vous et depuis mon enfance, gronda l'autre. Je ne peux oublier que vous êtes en danger, Morgane. Je vous sauverai malgré vous, vous entendez ?

Thibaud referma brutalement la porte derrière lui. Morgane resta un long moment à fixer l'endroit où il s'était tenu, puis elle se jeta sur son lit et éclata en sanglots désespérés.

Chapitre 14

L'être difforme était resté des heures à contempler dame Morgane par des trous ménagés entre les pierres de taille. Il avait vu la grosse Bianca lui ôter sa résille de perles, peigner longuement sa chevelure de nuit, la dévêtir, l'aider à enfiler cette fine et longue chemise de batiste qui ne cachait rien de sa beauté ni de ses rondeurs.

La chandelle éclairait la femme couchée sous les fourrures.

Puis l'être avait entendu les coups secs sur le battant de bois et vu avec un hoquet de rage la dame ouvrir sa porte en pleine nuit.

Il avait tout écouté et au départ de Thibaud

s'était éloigné, lui aussi, poussant de longs hurlements de colère et de souffrance.

Trébuchant et tombant de tout son long sur le sol. Frappant la roche de ses poings nus, heurtant sa face sur la pierre, se meurtrissant jusqu'au sang. Finissant par tomber évanoui dans un couloir suintant de salpêtre où couraient des rats.

Chapitre 15

Ce matin-là, l'entraînement commença par la «nasarde»: des combats singuliers avec de larges pelles de fer. Un jeu violent auquel j'avais pris goût. Un jeu où l'on devait frapper l'adversaire soit sur le nez soit sur les fesses, où nulle démonstration de douleur ni cri n'étaient tolérés, où le moindre mouvement de faiblesse était sévèrement puni.

— Cette fois, clama le maître d'armes, Thierry de Lulle, il me faut un champion! L'un d'entre vous devra battre tous les autres. Vous avez compris?

Nous avions surtout compris qu'il faudrait nous battre jusqu'à épuisement et que seul le vainqueur trouverait grâce à ses yeux. Je décidai en mon for intérieur d'être celui-là.

Thierry de Lulle allait et venait au milieu de nous, donnant ses dernières recommandations, traçant le cercle du combat dans la terre. C'était un redoutable guerrier mais un homme juste et renommé pour sa maîtrise des armes. De petite noblesse, sans fortune, il avait gagné bien des tournois et bien des batailles avant de devenir le maître d'armes des puissants seigneurs de La Roche. Son corps râblé était couvert de cicatrices et ni le froid ni le feu ni la douleur ne semblaient avoir prise sur lui. Je voulais qu'il me reconnaisse comme un parfait chevalier et j'étais prêt à tout pour cela.

L'aube se levait à peine et nous nous tenions tous dans sa clarté incertaine au milieu de la cour. Malgré le froid, quelques jeunes servantes allant au lavoir s'étaient arrêtées pour nous regarder, leurs paniers de linge à la hanche. Elles riaient en nous montrant du doigt et en faisant des commentaires. Le maître d'armes les chassa d'un rugissement et elles s'enfuirent comme une volée de moineaux, soulevant leurs lourds jupons, dévoilant chevilles fines, jambes rondes et peau laiteuse.

Une fois le calme revenu, je fus désigné comme premier combattant contre le plus âgé et le plus lourd d'entre nous : Hervé, celui que la curiosité avait poussé vers Thomas la veille au soir, un solide gaillard pesant bien ses cent kilos. Pour l'avoir vu combattre à plusieurs reprises, je savais qu'il valait mieux éviter ses coups. J'ôtai ma chemise, frissonnant dans l'air glacé, resserrai la ceinture de cuir qui tenait mes braies et ôtai mes bottes et mes chausses* pour rester pieds nus.

Thomas me fit un clin d'œil d'encouragement et je m'avançai dans le cercle, attrapant la pelle que me tendait le maître.

Nous nous faisions face Hervé et moi, le regard dur, les jointures blanchies sur le manche de bois. Pensant à dame Morgane, je levai ma pelle de fer et me mis à tourner lentement autour d'Hervé en attendant le signal du combat.

—Allez! fit simplement de Lulle.

Le premier coup sur le nez me prit par surprise. La douleur était terrible et un voile noir descendit devant mes yeux. Je retins le hurlement qui me montait aux lèvres et vacillai alors qu'Hervé m'assénait un puissant coup sur les fesses. Je tournai sur moi-même et ne vis plus rien que des milliers d'étoiles.

J'entendis les cris de mes compagnons et les hurlements de Thomas.

— Michel, attention, tu vas sortir du cercle ! Reprends-toi !

Je m'écartai d'un bond avant que la pelle d'Hervé ne me donne le coup de grâce. Essuyant d'un revers de main les larmes qui obscurcissaient ma vision, je partis à la charge en hurlant, passant à côté d'Hervé qui m'esquiva avec plus de vitesse que je n'en attendais d'un adversaire aussi lourd.

Un second coup sur les fesses manqua à nouveau me faire jaillir hors des limites.

— Allez, Michel ! hurla Thomas. Par le sang bleu, attaque !

— Allez, Hervé ! Allez, Hervé ! scandaient les autres.

Malgré le sang qui battait à mes tempes, je repris mes esprits. Un grondement sortit de mes lèvres. Moi qui voulais vaincre, tout le monde sauf mon ami me donnait déjà pour vaincu !

Je repartis à la charge et asscénai du plus fort que je pus un coup sur le nez de mon adversaire. Il broncha à peine, mais, aveuglé par la douleur, ne vit pas venir le second coup, plus violent encore. Il poussa un hurlement de rage, bondit vers moi, mais je l'esquivai et lui donnai un troisième coup, sur les fesses cette fois. Il s'étala de tout son long dans la poussière, hors du cercle.

— Éliminé ! dit le maître. Michel, dehors ! Soufflez un peu, vous reprendrez un autre adversaire plus tard.

Chapitre 16

Finalement, une fois de plus, c'est Thomas qui, malgré son épaule douloureuse, avait remporté la « nasarde ». Nous portions tous les marques du combat et l'un d'entre nous avait eu le nez cassé. Pour moi, la matinée avait un goût amer même si je reconnaissais que mon ami était le meilleur.

— Michel, vous avez entendu ce que je viens de dire ?

De Lulle n'aimait pas répéter et détestait qu'on soit distrait. Heureusement, je me souvenais de ses paroles.

— Oui, maître : nous allons faire main basse sur quelques chevaux appartenant au seigneur de Montmort qui a eu la mauvaise idée de les mettre à pâturer en lisière des bois de la Moisson qui appartiennent aux sires de La Roche.

— Qu'ai-je dit d'autre?

— Silence, rapidité, au moins deux chevaux par homme.

— Bien, fit le maître, vu votre nombre, il me faudra donc au moins vingt destriers* de plus dans nos écuries ce soir. Je vous mènerai à travers bois, mais c'est Thomas de Roucy qui sera votre chef. Vous lui obéirez comme à moi-même. C'est entendu?

C'était la première fois que Thierry de Lulle abandonnait le commandement à l'un d'entre nous. Le visage grave, Thomas hocha la tête en signe d'assentiment. Les autres s'inclinèrent en silence.

Nous allions voler des bêtes. Je savais que certains seigneurs pratiquaient régulièrement cet exercice mais mon père y avait toujours été opposé. Quant à moi, je trouvais cela plutôt exaltant.

— Combien y a-t-il de chevaux en tout? demandai-je.

— Une cinquantaine… Et une dizaine d'hommes d'armes, plus des écuyers, ajouta le maître d'armes.

— Ah! fis-je, écarquillant les yeux malgré moi.

J'avais imaginé un garde, des chiens, mais pas des hommes d'armes et encore moins des gars comme nous.

— Tu ne pensais tout de même pas que cela allait être facile ? remarqua Thomas en me décochant un coup de coude dans les côtes. Montmort connaît la loi et sait qu'en allant sur les terres d'un autre, il risque ce genre d'attaques.

Vexé de ma propre naïveté, je haussai les épaules et lui emboîtai le pas. Des pensées de mort me tournaient dans la tête, un terrible pressentiment aussi.

En sortant du château, je ne pus m'empêcher de jeter un coup d'œil oblique vers la silhouette sinistre du gibet que survolaient des corbeaux.

J'avais déjà vu des pendaisons à Chartres, mais je ne m'étais jamais habitué à cette mise à mort. Et si d'aucuns aiment à guetter l'instant où le pendu passe de vie à trépas dans une grimace atroce, ce n'était pas mon cas.

Mieux vaut mourir le corps transpercé par une flèche ou le fer d'une épée. S'agiter au bout d'une corde est une fin indigne d'un homme.

Chapitre 17

Alors que le groupe des écuyers s'éloignait, un cri aigu retentit dans les écuries : un des palefreniers venait de découvrir le cadavre d'un homme dissimulé sous la paille qu'il soulevait avec sa fourche.

Un vieillard au visage bleu, la langue sortie, les mains crispées sur la corde qui lui enserrait le cou. Le mort fut vite identifié : c'était le premier assistant du maître d'œuvre, un Chartrain que tous au château avaient appris à apprécier pour son entrain et ses chansons paillardes.

Le capitaine de la garde avertit aussitôt Thibaud de La Roche, qui le rejoignit sur les lieux, escorté par son dogue noir.

—Qui est-ce? demanda le seigneur.

Il avait à peine regardé le cadavre, jugeant sans doute que la mort de ce vieil homme ne valait pas qu'on s'y arrête.

—Un ouvrier maçon, le premier assistant du maître d'œuvre. L'assassin n'a pas eu grand mal, cet homme n'était guère vigoureux et n'a même pas dû se défendre.

Le dogue tournait autour du cadavre en montrant les crocs et Thibaud dut le rappeler. Rien ne se lisait sur son visage aux traits réguliers hormis de l'impatience.

—L'assassin... Qui pouvait vouloir tuer celui-là et pourquoi ? Qu'en pensez-vous, capitaine ?

—C'est difficile, messire, mais cet ouvrier s'occupait des travaux du donjon comme son maître.

Le capitaine hésita, puis poursuivit :

—D'abord, le maître d'œuvre...

—C'était un accident ! protesta Thibaud. Il est tombé d'une fenêtre.

—Tombé, rétorqua le capitaine avec une moue qui tordit l'épaisse moustache grise barrant son visage couturé.

—Que voulez-vous dire ? Expliquez-vous !

—Pardonnez-moi, messire, je ne sais si je dois...

—Allez, allez...

—Pour tomber, il aurait fallu qu'il enjambe le rebord de ladite fenêtre...

—Ce serait donc un suicide. Je pensais plutôt à un accident, mais maintenant que vous me le dites, cela me paraît logique.

—Cela peut être autre chose, messire. Il se peut aussi qu'on l'ait poussé, osa enfin le capitaine.

—Poussé?

—On vient bien d'assassiner son premier assistant, insista l'autre. Et là, il n'y a aucun doute, nous avons encore la corde sous les yeux.

—Oui, votre raisonnement ne manque pas de bon sens. Il me faudra en parler à sir Guillaume. Il n'y a que mon frère pour avoir bien connu ce maître d'œuvre et ses assistants...

—Oui, fit le vieux soldat d'une voix lourde de sous-entendus. Il n'y a que monseigneur Guillaume. D'ailleurs messire, à ce sujet, si je puis me permettre...

—Quoi encore? Toujours à propos de mon frère?

—Oui, messire, mes hommes aimeraient lui rendre hommage et, tout comme moi, le revoir. On murmure tant de choses depuis son retour, le fait qu'il ne se soit pas montré, et maintenant ce deuxième mort...

—Des racontars de bonnes femmes! Vous semblez oublier, capitaine, que mon frère est le maître. S'il ne veut voir personne, il ne verra personne. Sa volonté est souveraine. Ne nous attardons pas à ces discussions sans objet. Faites le nécessaire et portez ce cadavre à la chapelle. Qu'il soit enterré au plus tôt... Et profondément si vous ne voulez pas que mon dogue le déterre pour le dévorer!

Chapitre 18

Levant la main, le maître d'armes s'arrêta à la lisière de la forêt et se coula à terre. Des bandes de brume s'étiraient dans les taillis entre les troncs blêmes des bouleaux.

Les écuyers s'allongèrent dans les hautes herbes. Devant eux, quelques ronces, des fougères et, plus loin, dans une prairie où subsistait encore quelque pâture, une cinquantaine de bêtes à l'encolure et au jarret puissant, des juments et des hongres*.

Thomas humecta son doigt et constata avec satisfaction que le vent soufflait vers eux. Je le regardai faire et approuvai :

— Ils ne réagiront pas avant que nous soyons sur eux, murmurai-je.

— Tu oublies les hommes d'armes et les écuyers.

— Je n'en vois aucun.

— Cela ne veut pas dire qu'ils ne sont pas là, rétorqua Thomas. Simplement qu'ils sont habiles.

Le maître d'armes s'était glissé sans bruit près de nous. Il approuva d'un signe de tête la réflexion de mon ami.

— Alors Thomas ? murmura-t-il. Que décidez-vous ?

— Je vais envoyer deux d'entre nous en éclaireurs pour savoir combien il y a d'hommes et les localiser... Pour savoir aussi s'ils ont des chiens...

— Qui choisissez-vous ?

— Michel et Petit-Luc.

— Bien.

Le maître fit signe à Petit-Luc. Celui-ci nous rejoignit. Gros comme une mouche, les yeux profondément enfoncés dans les orbites, il avait un visage plus proche de celui d'un homme mûr que du garçon de treize ans qu'il était.

Je le trouvais trop silencieux, trop habile et rusé à mon goût, mais je lui reconnaissais des qualités dans tout ce qui touchait au camouflage et à la souplesse physique. Il n'avait pas son pareil pour faire le poirier, escalader une muraille ou grimper à la corde. Et avec cela, une admiration sans bornes et un dévouement absolu envers Thomas.

— Je vous ai choisis comme éclaireurs toi et Michel, déclara ce dernier.

Petit-Luc hocha la tête. Nous décidâmes de nous séparer, partant chacun de notre côté à la lisière du bois.

Alors que je rampais entre les taillis, je sentis une excitation comme je n'en avais jamais éprouvé.

Le sol était sec, jonché de feuilles et de brindilles, mon souffle laissait sa trace dans l'air froid. J'étais plein d'assurance, fort, invulnérable.

L'idée que des soldats ennemis étaient cachés quelque part non loin de moi ne m'effrayait nullement. Au contraire. Je me voyais battre quiconque se mettrait en travers de mon chemin, capturer plus de chevaux que les autres, et surtout, j'imaginais le regard de dame Morgane posé sur moi. Je devenais un homme.

C'est à ce moment que j'entendis un infime craquement.

Une main me saisit par le col et, malgré mon poids, je fus soulevé de terre comme un fétu de paille. L'homme me secouait sans mot dire. Un géant à la mine patibulaire, le crâne rasé, le corps revêtu d'une broigne* de cuir et de métal, une hache à la ceinture. J'essayai en vain de le frapper et de me libérer, mais le soldat partit d'un rire sonore en me secouant davantage.

Petit-Luc venait d'apparaître d'entre les fourrés, un doigt sur la bouche pour m'intimer le silence. Il avait glissé un caillou dans le lance-pierres qui ne le quittait jamais.

J'entendis le sifflement et tout alla très vite. Le projectile frappa l'homme à la nuque. Il poussa un drôle de soupir et s'affaissa sur lui-même. Je roulai à terre et me redressai d'un bond, revenant vers Petit-Luc qui se penchait sur le corps.

— Il est mort, dit-il.

— Quoi?

— Tu as bien entendu. La pierre lui a brisé la nuque. Tu viens?

Il avait déjà tourné les talons et s'enfonçait sans bruit dans le sous-bois.

Chapitre 19

Nous continuâmes la reconnaissance ensemble avant de regagner l'endroit où nous attendaient nos compagnons. Une fois devant Thomas, je laissai la parole à Petit-Luc qui se contenta d'énumérer laconiquement ce qu'il avait vu :

— Dix soldats en armes, quatre écuyers, pas de chien.

— Et toi, Michel ? fit Thomas.

— Ils sont sur notre droite, à la lisière des bois, un campement sans feu. Deux hommes au guet, les autres se reposent ou jouent aux dés.

À aucun moment devant les autres, Petit-Luc ne se vanta de m'avoir sauvé. À aucun moment, je n'eus honte d'autre chose que de moi-même et de ce satané orgueil qui me conduisait souvent à juger mes compagnons trop rapidement et surtout à penser que je valais mieux qu'eux.

J'aimais un peu trop qu'on reconnaisse mes qualités et m'empressais souvent de les faire remarquer. Je devais apprendre, moi aussi, les vertus du silence, de l'humilité, et Petit-Luc, que j'avais méprisé jusqu'alors, venait par sa discrétion de m'enseigner quelque chose d'important.

Thomas nous fit signe de nous mettre en cercle autour de lui.

—Voilà la situation, commença-t-il en répétant nos paroles aux autres. Ils sont quatorze, nous sommes neuf sans compter notre maître qui ne participera pas à cette opération. Nous devons donc les prendre par la ruse et faire diversion.

Chapitre 20

Hervé et Petit-Luc, puant l'hydromel*, les vêtements souillés, chantaient à en perdre haleine quand les hommes de Montmort les saisirent pour les conduire à leur camp. Ils se laissèrent faire sans se défendre, riant et plaisantant à en perdre le souffle.

Le soir était tombé, les soldats avaient allumé un feu et, des fourrés où nous nous étions cachés, nous voyions vaciller les silhouettes de nos amis. Nous entendions leurs hurlements d'ivrogne et les moqueries des soldats et des écuyers ennemis. Ils étaient tous en cercle autour d'eux, même les guetteurs, négligeant la surveillance du troupeau. Les juments s'étaient insensiblement rapprochées de nous, paisibles, larges formes noires découpées par la clarté lunaire.

Le vent était pour nous et Thomas observait le ciel. Dans quelques secondes, des nuages allaient voiler la lune. Il fallait agir vite car cela ne durerait pas.

Le corps et le visage recouverts de boue, les bottes enveloppées dans des bandelettes de tissu, nous rampâmes jusqu'aux bêtes. À peine un hennissement au moment où nous leur glissâmes des longes pour les attraper. Le temps de sauter en selle, de talonner, et bientôt une vingtaine de juments et de hongres prirent leur course dans la prairie.

Un des soldats des Montmort donna l'alerte, mais il était trop tard : nous étions loin.

Nous avions gagné, c'est du moins ce que je pensais alors, tout au plaisir de cette course nocturne, les étoiles au-dessus de notre tête, le vent glacé sifflant à nos oreilles.

La lune était réapparue et nous montrait le chemin : nous galopions vers La Roche.

Derrière nous, on entendait des hurlements de rage et des cris. Je me demandais s'ils allaient nous prendre en chasse et talonnai ma jument tout en tirant fortement sur la longe de la seconde bête que j'avais capturée. Devant nous, Thomas nous encourageait de la voix et du geste. Nulle part je ne voyais notre maître d'armes. Il avait disparu au moment de notre départ, laissant ainsi qu'il nous l'avait annoncé le commandement à mon ami.

Chapitre 21

Profitant de la panique dans le campement ennemi, Petit-Luc s'était coulé dans la pénombre des taillis, Hervé à sa suite. Ils avaient couru à en perdre haleine, le plus léger prenant la tête.

Hervé hésita : il avait déjà perdu beaucoup de terrain et, alors que l'ennemi venait derrière lui dans un fracas de branches cassées, Petit-Luc venait de disparaître dans le sous-bois. Et s'il traversait la clairière pour aller plus vite?…

La flèche l'atteignit entre les omoplates, le fer s'enfonçant profondément dans ses chairs. Hervé tomba à genoux puis s'affala de tout son long. Une douleur terrible, l'impression que la pointe le traversait de part en part. Il rampa sur le sol, appelant Petit-Luc sans qu'aucun son ne sorte de sa gorge. Il aurait dû se souvenir des conseils de Thierry de Lulle et ne pas se mettre à découvert. Sa vision s'obscurcissait et, dans le ciel au-dessus de lui, la lune vira au noir.

—Venez! J'ai réussi à en avoir un! gueula une voix.

Tout devenait si lointain, si flou. Hervé renonça à se battre. De la glace coulait dans ses veines, ses membres s'engourdissaient et ses ongles griffèrent la terre. Il râlait, un filet de sang s'écoulant de sa bouche entrouverte.

L'archer et un sergent d'armes s'approchèrent à pas lents. Le premier se pencha puis secoua négativement la tête en direction de l'autre.

—Il n'en a plus pour longtemps. C'est ce fanfaron qui nous a joué l'ivrogne! Dommage, ce n'était pas encore un homme.

—Par le sang bleu, tant pis pour ses maîtres! Ils n'avaient qu'à mieux l'éduquer ou à ne pas l'envoyer au feu! Celui-là n'était pas prêt. L'autre, avec son petit museau de fouine, était plus malin. Je crains qu'il nous ait échappé. Allons nous mettre à couvert, je n'ai pas envie de servir de cible à mon tour. Soulève-moi celui-là, on l'emmène. Je veux le questionner avant qu'il ne passe: savoir son nom et celui de ses maîtres.

L'homme obéit, chargeant en soufflant le robuste corps d'Hervé sur ses épaules. Une fois à la lisière des arbres, il mit un genou en terre et essaya d'asseoir le blessé dont la tête roula sur le côté.

—Il est mort, sergent.

—Tant pis. Essayons quand même de retrouver l'autre.

—On n'y voit goutte là-dessous, marmonna l'archer en scrutant la pénombre inquiétante sous les grands arbres. Si jamais il a rejoint les siens et qu'ils nous ont tendu un piège…

—Oui, tu as raison, approuva le sergent. De toute façon, j'ai mon idée sur les voleurs : ce doit être les seigneurs de La Roche, et notre maître en sera pour ses bêtes. La justice est de leur côté car ces prairies sont à eux. Les sires de La Roche ont touché leur écot et ils ont même payé le prix du sang avec celui-là. Rentrons. Nous regagnerons Montmort à l'aube avant qu'ils ne viennent exiger le reste de nos chevaux en dédommagement de la mort de celui-là.

Les hommes d'armes s'éloignèrent, passant non loin du chêne que Petit-Luc avait escaladé en les entendant s'approcher.

La nuit jouait à la marelle avec le ciel et au loin retentit l'appel solitaire d'un loup. Il n'était plus temps de rentrer au château. C'était trop loin et trop difficile avec l'obscurité et les ennemis qui rôdaient. Petit-Luc sentait tous ses muscles trembler. Ce n'était pas la première fois qu'il échappait à la mort ou qu'il voyait un autre que lui mourir sans rien pouvoir faire. Devenir un homme, c'était cela aussi, accepter d'être faible, de faire des erreurs et les payer de sa vie. Il se cala le plus confortablement qu'il put dans la fourche de son arbre, contemplant là-bas le corps d'Hervé éclairé par un rayon de lune. Il essuya les larmes qui montaient à ses yeux et s'endormit aussitôt.

Chapitre 22

—Approchez-vous, ma dame ! fit la voix derrière le rideau.

Dame Morgane, très pâle, obéit. Comme chaque soir, le fou était venu la chercher pour la mener à la chambre de son époux. Malgré la myrrhe* et l'oliban* qui se consumaient dans un brasero, la puanteur était terrible.

Par la fenêtre aux vantaux grands ouverts entrait l'air glacé de novembre. La longue pièce aux tables couvertes de livres était partagée en deux par un épais rideau de drap noir que le vent de la nuit faisait onduler. Deux chandelles à la flamme incertaine éclairaient l'endroit où elle se tenait.

—Plus près, ma dame, plus près! ordonna la voix. Quelle robe portez-vous donc ce soir?

—Votre préférée, messire, la verte...

La voix de la jeune femme s'étrangla. Elle fut prise d'une brusque envie de pleurer. Le vert, la couleur de sa robe d'enfant, le jour ou Guillaume de La Roche, si beau dans son costume d'apparat rehaussé de fils d'or et d'argent, avait demandé sa main à son père, là-bas, dans la lointaine demeure familiale, sous le soleil de Lombardie.

Tout cela était si loin maintenant. Elle n'avait que douze ans alors et, déjà, son cœur battait pour lui. Puis il l'avait menée ici, à La Roche-Guyon où sa nourrice, la vieille Bianca, avait continué à l'élever. Les années avaient passé et Guillaume l'avait épousée le jour de ses quatorze ans, l'initiant à l'amour, lui offrant sa tendresse et une passion d'homme exigeante et terrible.

L'année suivante, il était parti pour l'Orient défendre Jérusalem. Le temps avait passé. Les parchemins remis par d'anciens Croisés de passage s'étaient espacés jusqu'au silence.

Son frère Thibaud avait parlé de prison, de torture, de mort peut-être. Une mort à laquelle elle avait refusé de croire.

Enfin, Guillaume était revenu au château alors qu'elle fêtait ses dix-neuf ans.

À ce souvenir, les doigts de Morgane se croisaient et se décroisaient nerveusement. Son cœur battait plus fort, une fine sueur mouillant la racine de ses cheveux noirs.

— Pas de sensiblerie, ma dame! gronda la voix. Votre père pas plus que moi ne goûtons cela. N'oubliez pas le nom que vous portez.

— Oui, messire, fit Morgane en essuyant ses larmes d'un revers de main.

— Vous dites que c'est ma robe préférée?

La voix était redevenue plus douce. L'homme bougea derrière le rideau et, un court instant, par les fentes dans le tissu, Morgane aperçut l'éclat de ses prunelles.

— J'en distingue mal la couleur. Allumez d'autres chandelles!

Morgane obéit, et bientôt la partie de la pièce où elle se trouvait fut tout illuminée alors que l'autre restait dans la pénombre.

Elle était étonnamment belle dans sa robe de drap vert au bustier ajusté. Des perles dans la nuit de sa chevelure en chignon, son corsage blanc de fine batiste laissant apercevoir la ligne élancée de son cou et les rondeurs laiteuses de sa gorge... Tout à la contemplation de sa femme, Guillaume ne disait plus rien.

— Seigneur!

Nul bruit.

— Seigneur, répéta doucement Morgane. Laissez-moi vous voir. Une fois au moins, laissez-moi vous voir.

Un grondement douloureux lui répondit. Une plainte.

Elle continua, pensant que peut-être, ce soir, son mari céderait enfin.

— Je vous en prie, Guillaume, je vous en supplie.

— Non, jamais!

Il y avait tant de rage et de noire colère dans la voix de son époux que dame Morgane ne put s'empêcher d'esquisser un mouvement de recul.

— Auriez-vous peur de moi, ma dame? Voulez-vous me fuir?

— Non, messire, non! protesta-t-elle. Puisque je vous supplie de me laisser vous approcher. Guillaume! Guillaume!

— Silence, ma dame, et répondez plutôt à ma question: n'avez-vous point vu mon frère Thibaud dernièrement?

La châtelaine se troubla, ne sachant s'il fallait qu'elle avoue à son mari la visite nocturne de son frère car elle craignait sa colère à la fois contre elle et contre Thibaud.

—Vous ne répondez pas, ma dame?

—Vous savez bien, messire, que votre frère me rend souvent visite.

—De jour comme de nuit, ma dame? demanda la voix de Guillaume.

—Messire, je n'ai rien à me reprocher, je vous en fais serment, plaida Morgane en se tordant les mains.

—Et mon frère?

—Non plus, messire, non plus!

—Vous le défendez encore! s'écria Guillaume.

—Vous ne pouvez pas me reprocher cela, messire. Pourquoi faut-il que vous soyez si dur avec moi?

Un silence, puis la voix rauque du seigneur:

—Délacez votre corsage, ma dame, et dénouez votre chevelure.

Morgane hésita un bref instant, puis ses doigts fins défirent un à un les liens de toile, révélant la douceur d'un sein blanc. La fragile armure du corsage glissa bientôt à ses pieds. Alors, elle leva les bras en un geste gracieux laissant retomber ses longs cheveux.

Derrière le rideau, Guillaume, fasciné par ce corps qu'il s'interdisait de toucher, agrippa le lourd rideau. Il aurait tant voulu... elle était sa femme ! Il en mourrait. Un feu que rien ne pouvait éteindre grondait en lui. Le manque lui rongeait les entrailles, lui donnant des envies de sang et de meurtre.

— Mon corps est à vous, seigneur, vous le savez, murmurait Morgane en tendant les bras vers le rideau.

Elle s'offrait comme jadis. Tant d'images d'elle et de lui… Mais plus maintenant. Jamais.

— Partez ! hurla-t-il. Partez avant que je ne vous tue !

Chapitre 23

La grande porte s'était ouverte devant nous. Dressé sur ma jument, je caracolais derrière Thomas, heureux de cette victoire et des bêtes magnifiques que nous ramenions.

Dans la cour brûlaient des torches. Les hennissements et le bruit des fers sur le pavé faisaient un vacarme assourdissant. Nous nous attendions à un accueil enthousiaste, mais ce ne fut pas le cas.

Les gens d'armes se rassemblèrent autour de nous, commentant la qualité des chevaux, mais nul ne nous félicita. Du haut du perron, le fou nous observait, un singulier sourire sur sa face rouge.

—Que se passe-t-il? demandai-je à Thomas

en poussant ma monture près de la sienne. On dirait qu'ils ont peur. Les serviteurs n'osent même pas venir à notre rencontre.

—Je ne sais pas. À part le fou que tout cela a plutôt l'air d'amuser, il faut reconnaître qu'ils font tous bien triste figure. Ah, voilà le capitaine !

Le vieux soldat marcha vers nous d'un pas décidé. Ses sourcils froncés et le rictus de sa bouche n'annonçaient rien de bon.

Sur un signe de lui, des garçons d'écurie et un palefrenier se précipitèrent pour conduire les destriers aux stalles. L'homme balaya du regard le groupe des écuyers, puis s'adressa brusquement à Thomas, lui demandant où était Thierry de Lulle.

—Nous ne l'avons pas revu depuis que nous avons pris les bêtes, répondit mon ami. Je devais assurer le commandement de cette opération.

—Par ma barbe ! jura l'autre.

—Que se passe-t-il, capitaine ?

Le soldat jaugea celui qui lui faisait face, et se décida à parler.

—Ce matin, peu de temps après votre départ, nous avons trouvé un cadavre dans les écuries.

—Un cadavre ? Vous voulez dire…

—Je veux dire ce que je dis ! Une malemort, l'homme a été étranglé.

—Nous le connaissions ? demandai-je.

—Je ne sais pas, c'était le premier assistant du maître d'œuvre. Un vieil ouvrier que vous avez peut-être croisé, quoique j'en doute. Êtes-vous tous de retour ? Il me semble que vous n'êtes pas au complet.

—Non, l'un d'entre nous, qui avait le nez cassé, est resté ici et il en manque deux autres qui devaient faire diversion et ne nous ont pas encore rejoints.

—Thierry de Lulle est sans doute parti à leur recherche. Il n'aime guère laisser ses jouvenceaux en mauvaise posture.

—Oui, bien sûr, je n'y avais pas pensé, approuva Thomas.

—J'ai ordonné aux serviteurs de vous laisser des torches et de quoi vous rendre présentables près du lavoir. Si votre maître ne revient pas, vous me ferez un rapport sur ce qui s'est passé depuis votre départ du château. Allez.

—Bien, capitaine.

Entraînant les autres, Thomas et moi nous dirigeâmes vers les lavoirs qui occupaient le haut bout de la cour, près du puits. Le fou nous suivit, nous observant un long moment, puis il s'approcha de mon ami.

—*Je sens la cognée à la base de mes racines...* murmura-t-il avant de s'éloigner.

—Qu'a-t-il voulu dire?

—Une sorte de message de mort, à moins qu'il ne répète les paroles de quelqu'un, observa Thomas. L'arbre qui sent le fer de la hache à sa base n'en a plus pour longtemps. Mais de quoi ou de qui voulait-il parler? Décidément, je n'arrive pas à me faire à cet homme.

—Viens, ne t'occupe pas de lui et allons nous décrasser.

Sur une pierre plate étaient disposés des paniers de linges de toilette et des boîtes de bois contenant des savons de saponaire*.

—C'est vrai que nous en avions besoin, observai-je.

Nos visages et nos mains étaient souillés de boue et nos vêtements raidis par la glaise.

—Oui, répondit sèchement mon ami, le visage soucieux.

—Allons, ne fais pas si triste figure, fis-je en posant ma main sur son épaule, nous avons bel et bien remporté une victoire aujourd'hui.

—Le crois-tu vraiment? J'ai un mauvais pressentiment, tu sais, et cela n'a rien à voir avec les paroles du fou. Tous ces morts, et Petit-Luc, Hervé et le maître qui ne sont pas revenus !

Je haussai les épaules, refusant, malgré l'inquiétude qui me gagnait, de me laisser aller à la morosité. Nous achevions de nous rincer, nous éclaboussant en riant avec les seaux emplis d'eau glacée quand les trompes des guetteurs donnèrent à nouveau l'alerte. La poterne s'ouvrit lentement, livrant passage au maître d'armes portant sur ses larges épaules le corps sans vie d'Hervé.

Chapitre 24

Les soldats s'étaient écartés devant Thierry de Lulle en l'éclairant de la lueur de leurs flambeaux. Le silence s'était fait. Le maître d'armes alla d'un pas lourd vers les établis de la forge déserte y déposer son fardeau avec douceur.

Le visage sombre, nous formâmes un large cercle autour du cadavre de notre compagnon.

—Va prévenir Thibaud de La Roche, le capitaine et le chapelain! m'ordonna sèchement de Lulle en essuyant la sueur qui ruisselait sur son visage.

Je partis en courant et revins bientôt, accompagné des trois hommes, et de la silhouette sinistre du dogue noir.

—Que s'est-il passé? gronda Thibaud après

avoir reconnu le mort. Et pourquoi m'avoir perdu justement celui-là ?

Malgré la dureté de ces paroles, le maître d'armes garda le silence. Il se sentait responsable de la mort de l'écuyer, de la disparition de Petit-Luc, et ne connaissait que trop Thibaud. Ses colères étaient comme des incendies : mieux valait éviter de les alimenter par des réponses inutiles.

Mais de Lulle savait surtout que la famille d'Hervé, tout comme celle de Petit-Luc, était importante dans les jeux d'alliances que maintenaient en place les seigneurs de La Roche avec leurs vassaux et leurs suzerains. Il avait déjà dû se maudire vingt fois pour avoir perdu ces deux-là.

Devant son manque de réaction, Thibaud finit par se calmer.

—Je vous écoute, fit-il.

De Lulle expliqua d'une voix sourde qu'une fois le gros de sa troupe hors de danger avec les chevaux, il était retourné sur ses pas pour retrouver les deux garçons, les délivrer s'ils étaient prisonniers et les aider à regagner l'abri du château. Mais il était arrivé trop tard. Hervé, oubliant la lumière crue de la lune, avait imprudemment quitté le couvert des arbres pour traverser une clairière. Il faisait une cible idéale. Un archer ennemi l'avait tué.

— Et l'autre ?

— Je ne l'ai point vu, mais suis moins inquiet pour lui. Sans doute attend-il le jour dans quelque cachette.

— Ces Montmort méritent une leçon, gronda Thibaud.

Le capitaine d'armes s'interposa.

— Nous leur avons pris des chevaux, ils ont pris un des nôtres. De toute façon, à l'heure qu'il est, ils ont déjà dû rebrousser chemin.

— Oui, pourtant, cela nous aurait fait du bien, une bataille… et à mon chien aussi.

Thibaud de La Roche éructa encore un moment, menaçant de Lulle des pires sanctions s'il ne retrouvait pas Petit-Luc.

— Vous avez bien compris ? demanda-t-il une dernière fois avant de s'en retourner d'un pas furieux vers le château, sa bête sur les talons.

Le maître s'était incliné puis, répondant à un signe du capitaine, s'éloigna de quelques pas pour parler à voix basse avec celui-ci.

Les serviteurs avaient apporté un brancard de fortune. Nous y déposâmes le corps d'Hervé pour le mener à la chapelle. Le lieu de prières était creusé dans la roche. Il était dédié à la Vierge Marie, une petite lampe à huile y brûlant nuit et jour. Le père Nicolas alluma une chandelle à l'une de nos torches et désigna le linceul de l'ouvrier chartrain posé sur le dallage.

— Mettez celui-ci à côté de l'autre! ordonna-t-il.

Soudain, tout me parut sinistre et notre victoire dérisoire en regard de la mort d'Hervé et de la disparition de Petit-Luc. Je me reprochai ma légèreté, comprenant mieux la gravité de Thomas.

Nous obéîmes et le chapelain recouvrit Hervé d'un drap blanc avant de prononcer une brève prière. Il allait veiller les morts jusqu'au lendemain midi après la messe où ils seraient portés en terre dans le cimetière, en dehors de l'enceinte.

De Lulle, qui nous avait rejoints, nous regardait, le visage fermé.

Deux vieilles femmes, vêtues de noir, apparurent soudain, sortant d'une porte basse au fond de la chapelle. Elles portaient des linges propres, une bassine d'eau tiède, un savon. Elles venaient faire la toilette du mort et nous nous écartâmes devant elles.

Je sentis en cet instant combien Hervé était déjà loin. Il n'avait pas eu le temps de devenir un homme que ces femmes allaient le préparer pour son dernier voyage et le père Nicolas lui ouvrir les portes du royaume de l'au-delà.

—Allez tous vous coucher! ordonna le maître d'armes. De Roucy, nous nous verrons demain. Ce jour se suffit à lui-même, même pour moi.

Nous obtempérâmes en silence, quittant les lieux sans nous retourner. Le silence était retombé dans la cour déserte. Les flammes de nos torches dessinaient des ombres dansantes sur la pierre blanche de l'enceinte. Derrière nous, je savais que les vieilles femmes dénudaient le corps d'Hervé, le lavant à grandes eaux, lui coupant les ongles et lui peignant les cheveux. Je sentis une boule se former au creux de mon estomac.

—Quand je pense que ce matin encore nous nous battions ensemble, murmurai-je. Je l'aimais bien, je m'en rends compte maintenant.

—Oui, répondit Thomas. Moi aussi.

—Mais à ton avis, qu'est devenu Petit-Luc?

—Je ne sais pas, lâcha-t-il d'un ton maussade.

Sa voix n'augurait rien de bon. Il avait le visage contracté, le regard triste et les poings serrés.

—Tu n'y es pour rien, Thomas. Hervé était dans une clairière quand il a pris cette flèche.

S'il avait gardé le couvert, ainsi que notre maître nous l'a appris, il serait encore des nôtres. Petit-Luc était beaucoup plus malin, je suis sûr qu'il est encore vivant. La nuit est tombée et il doit attendre le jour pour rentrer. Quant aux hommes de Montmort, tu as entendu le capitaine, ils ont déjà dû faire demi-tour.

— Oui.

— Tu sais que Luc m'a sauvé la vie ce matin ?

— Non. Il ne m'a rien dit.

Et je contai ma mésaventure dans les sous-bois, la pierre qui avait tué le colosse, le sang-froid de Petit-Luc.

— Tout de même, insista Thomas, je n'aurais pas dû choisir Hervé, il était trop lourd, trop voyant.

— Oui, mais il savait faire l'homme ivre bien mieux qu'aucun d'entre nous.

Un mince sourire s'esquissa sur les lèvres de Thomas à cette singulière épitaphe.

— Allons nous coucher, et demain, si le maître d'armes le veut bien, nous partirons à la recherche de Petit-Luc.

Chapitre 25

La forme errait dans le labyrinthe des couloirs, allant de la chapelle où reposaient les corps aux communs des domestiques. Les gens avaient peur. Ils se serraient les uns contre les autres, regardant autour d'eux avec inquiétude.

Chez les soldats aussi, les rumeurs allaient bon train.

La forme se glissa derrière une muraille, écoutant la conversation animée d'un groupe d'hommes d'armes. Un sergent et de jeunes recrues enrôlées depuis peu dans la garde du château.

—Je te dis que c'est sire Guillaume !

—Non, c'est son fou ! Rappelle-toi la haine sur son visage quand nous l'avons sauvé des mains des domestiques !

— Vous perdez la tête ! grommela sans conviction le sergent.

— Qui voulez-vous que ce soit ? protesta un autre.

— Une malédiction s'est abattue sur ce château et nous allons tous mourir ! fit un quatrième.

La forme retint à grand-peine un gémissement de douleur. Le bruit lugubre de sa plainte résonna entre les hauts murs.

— Silence ! fit l'un des soldats. Vous avez entendu ?

— Cela vient de partout autour de nous ! C'est sire Guillaume, il va nous tuer ! s'écria, affolé, l'une des jeunes recrues en reculant d'un pas.

— C'est d'un guerrier que nous parlons et d'un homme qui a fait les croisades, pas d'un diable ! C'était notre chef, protesta le sergent en reculant, lui aussi.

La souffrance avait fait tomber la silhouette difforme à genoux. Elle se recroquevilla sur le sol humide, laissant le froid la pénétrer. Le temps s'étira.

Les soldats avaient fui vers leurs quartiers. Des rats s'approchèrent du corps inerte puis se détournèrent en couinant. Dans un effort surhumain, la forme s'était redressée, ses moignons glissant sur les parois suintantes.

Combien de temps tout cela allait-il encore durer? Combien de temps encore allait-il pouvoir vivre comme cela?

Une longue plainte s'échappa de ses lèvres tuméfiées.

Chapitre 26

L'aube était venue : un bleu léger ourlé de rose. Il faisait un froid glacial et, dans le ciel, très haut, au-dessus du donjon, tournoyaient des aigles royaux. L'appel des trompes retentit, résonnant dans tout le château.

Alors que nous sortions de la chapelle où avait eu lieu l'office des morts, nous nous trouvâmes nez à nez avec Petit-Luc qu'accompagnait un sergent d'armes.

Après la tristesse de l'office, un immense soulagement m'envahit et je découvris à quel point Petit-Luc, lui aussi, comptait pour moi.

— Il vient de se présenter à la poterne, messire, fit le soldat qui maintenait notre compagnon par le bras.

—Te voilà, toi! fit Thierry de Lulle d'une voix bourrue. Vous pouvez le lâcher, sergent, c'est un de mes écuyers, bien qu'il ne soit guère présentable. Tu as faim et froid, on dirait?

Très pâle, Petit-Luc grelottait, les vêtements souillés de boue et trempés de rosée.

—Oui, je... Hervé, commença-t-il en claquant des dents.

—Plus tard, nous parlerons plus tard! Michel et Thomas, conduisez ce gaillard aux cuisines! Tu me raconteras ton aventure une fois restauré, lavé et changé. Et vous autres, ensuite, rejoignez-nous à la Seine. Exceptionnellement, ce matin, après notre entraînement, vous aurez tous quartier libre.

Nous acquiesçâmes et je pris Petit-Luc par un bras, le soulevant à moitié de terre tandis que Thomas le saisissait de même.

—J'ai froid, murmura-t-il, et faim, si faim.

Les cuisines étaient une suite de salles prolongées d'un immense cellier qui s'enfonçait dans les profondeurs de la falaise. Des jambons et des saucisses pendaient du plafond avec des carcasses de sanglier. Il y avait des fours, des séchoirs, de vastes tables à tréteaux couvertes de légumes et de viandes à rôtir, des bassines de toutes tailles emplies de soupes et de crème d'amandes. Une odeur mêlée de miel, de viandes rôties et de pain chaud... Et, courant en tout sens, qui aux fours, qui aux broches, qui à l'épluchage, une dizaine d'adultes, des femmes pour la plupart, et une ribambelle d'enfants dirigés par un solide gaillard répondant au nom de Jean le Noir tant il avait la face noircie par la fumée qui montait des fourneaux.

Dans le cellier étaient entreposés des sacs de farine, du grain, des légumes secs, des viandes séchées, des barriques de sel, des tonneaux de vin et d'hydromel... De quoi nourrir la centaine d'habitants que comptait le château.

—Eh bien, fit Jean le Noir en nous voyant entrer, que se passe-t-il?

Thomas s'expliqua rapidement.

—Voilà un gaillard que nous allons bien vite remettre sur pied! Asseyez-vous sur ce banc près du feu. Gui! Viens servir ton maître et ses amis.

Le vieux Gui nous avait vus, mais il n'avait osé quitter son ouvrage. Sur l'ordre de Jean, il abandonna aussitôt le four à pain devant lequel il s'activait pour se précipiter vers moi et me serrer les mains avec effusion. Un sourire illuminait son visage ridé.

—Bon, c'est pas tout ça, j'ai à faire, moi. Sers-leur à tous trois un bol d'hydromel, ordonna Jean le Noir au vieux Gui.

—Merci, fit Thomas en prenant place à côté de Petit-Luc le long de la grande table.

Mais, déjà, le Noir s'éloignait, haussant ses larges épaules, injuriant au passage de jeunes marmitons qui, distraits par la vue des écuyers, oubliaient de faire tourner les broches où rôtissaient des marcassins et des faisans.

—Ah, mon sire, je ne vous vois plus, me déclara Gui en posant sur la table du jambon, une miche de pain dorée, des oignons secs, un fromage de chèvre, un pot de miel, des noix et une jarre d'hydromel avec trois bols.

—Je sais, mon bon Gui, je sais, fis-je ému malgré moi. Mais la vie à La Roche n'est pas aussi douce que chez nous, à Gallardon.

—Mon Dieu, pour ça non, mon jeune sire, murmura le serviteur.

Je fronçai les sourcils. Gui m'avait élevé, protégé, nourri, il était le seul visage qui me restait de mon enfance dans cet endroit étranger. Je le trouvai amaigri, le teint jaune.

—Je n'aime guère ta figure en ce moment, Gui, m'inquiétai-je. Est-ce qu'au moins tu manges à ta faim ici?

—Oh oui, messire, pour ça oui. Le Noir, malgré ses airs rudes et ses cris, est un brave homme.

—Mais quoi alors?

—Je n'aime pas cet endroit. Il s'y passe de drôles de choses. Vous avez vu la mort du maître d'œuvre puis celle de l'ouvrier?

—Oui, je sais cela, mais que cherches-tu à me dire?

Gui m'entraîna près des fours où doraient de larges galettes d'épeautre.

—C'est ce fou, messire.

—Quoi ce fou?

—Il vient tous les jours préparer les repas de son maître.

—Je ne vois là rien d'anormal.

—Il n'est jamais entré par la porte.

—Explique-toi.

—On ne sait jamais d'où il sort. Il apparaît et disparaît pire qu'un fantôme!

Je haussai les épaules, autant pour le rassurer que pour me tranquilliser moi-même.

—Tu sais bien que ce château est à moitié creusé dans la falaise.

—Oui, et qu'il mène aux Enfers, et que les oracles de jadis y sacrifiaient des bêtes. Mais pour arriver aux cuisines, il n'y a pas tant de passages que cela, et puis, la nuit, dans ce château, il y a un démon qui rôde. On entend des bruits, des plaintes, des gémissements. On dit que c'est à cause de ce Guillaume de La Roche. Rien n'est pareil depuis son retour.

Gui se signa et je ne pus m'empêcher de faire de même.

—Et puis pour le maître d'œuvre et son ouvrier...

Il s'interrompit.

—Continue, l'encourageai-je.

—Ses aides murmurent qu'on l'a assassiné parce qu'il savait trop de choses, tout comme eux. Ils ont peur. Ils ne sont plus que trois à avoir travaillé avec lui. Ils voulaient s'en aller, mais Thibaud leur a ordonné de rester. Il a besoin de maçons.

Gui se tut brusquement et pâlit.

—Qu'y a-t-il?

Puis je compris en voyant le fou s'avancer vers nous. Gui s'en retourna aussitôt près de Thomas et de Petit-Luc, s'activant à trancher du pain, à couper du jambon, le visage baissé et les mains tremblantes.

Je restai seul avec le fou qui souriait, vêtu d'un pourpoint rouge accentuant sa difformité, son bonnet à clochettes à la main. Son visage n'était pas si laid vu de près, juste tordu et taché de rouge comme si l'homme s'était versé du vin sur le visage et qu'il avait pénétré sous sa peau.

—*La mort n'est que le milieu d'une longue*

vie, n'oubliez pas, fit soudain le nain en me saluant. Bien le bonjour, seigneur Michel.

—Que veux-tu dire ? Tu sais mon nom ?

—On m'appelle le fou, sire Michel, et l'on me chasse à coups de pierres. On veut me tuer, mais je sais bien des choses que les hommes ignorent. Fol je suis peut-être, mais point tant que vous qui croyez en l'amour et en la gloire.

—Michel, tout va bien ? fit la voix inquiète de Thomas derrière moi.

—Oui, ça va, répondis-je.

—Ah, le beau Thomas ! reprit le fou d'un air entendu. Un bien courageux écuyer. Il fera un magnifique chevalier... Si la Mort ne le prend pas avant.

—Que dis-tu ? grondai-je, furieux et inquiet à l'idée que ce sinistre personnage envisag la fin de mon ami.

—J'étais venu vous annoncer, sire Michel, qu'on vous demande au donjon. Dame Morgane a besoin de vos talents de musicien.

Mon cœur cogna si fort que je portai malgré moi la main à ma poitrine.

—Quoi ?

—Vous avez bien compris : dame Morgane vous demande, fit l'autre avec un ricanement.

—Maintenant ?

—Oui, maintenant.

Chapitre 27

— Vous m'avez fait mander ma dame? fis-je en m'inclinant très bas devant la châtelaine.

Morgane était debout près de sa fenêtre, elle ne se retourna pas et j'en fus heureux, tant j'étais troublé.

—Oui, Michel.

—Que puis-je pour vous, ma dame?

—Joue-moi donc un peu de musique, Michel. Une ballade.

Je la sentais mélancolique, préoccupée, inquiète. Je me dirigeai vers la viole et l'appuyai à mon menton, en tirant les premières notes de la ballade de Gallardon.

Un long moment passa ainsi sans qu'aucun mot ne soit échangé entre nous, dame Morgane toujours immobile à sa fenêtre. Puis, insensiblement, elle se détendit et retourna s'asseoir dans son fauteuil favori avec son ouvrage.

Je continuai à jouer.

—Le fou m'a appris que le maître d'armes avait ramené le corps de l'un d'entre vous la nuit dernière, Michel? De qui s'agit-il?

—D'Hervé, ma dame.

—Pauvre garçon, je l'aimais bien. Que s'est-il passé? Raconte-moi, veux-tu?

J'acquiesçai, levant mon archet et immobilisant la vibration des cordes du plat de ma paume. Je décrivis le vol des chevaux, la diversion, la mort d'Hervé et enfin le retour de Luc.

—Aussi, quand nous l'avons mené à la chapelle, repris-je, j'ai été surpris par la vue de ce cadavre...

—Quoi? Que dis-tu? Quel cadavre?

—L'ouvrier chartrain, le premier assistant du maître d'œuvre, ma dame. Mais je croyais que...

Je m'arrêtai net, Morgane était devenue livide, une expression d'horreur envahissant son visage. Elle se leva en vacillant et s'affaissa sur elle-même, évanouie.

Abandonnant la viole dont la caisse heurta le parquet, je me précipitai.

—Ma dame, par Dieu, ma dame! m'écriai-je.

Inerte, les yeux clos, les lèvres pincées, elle semblait morte. Sa respiration était si faible qu'elle soulevait à peine le tissu de son corsage. Je posai mon oreille sur sa poitrine et perçus de faibles battements de cœur.

—Réveillez-vous, ma dame, je vous en prie, suppliai-je en la soulevant à demi pour la serrer contre moi.

Moi qui me sentais si à l'aise l'arc à la main ou en combat, je ne savais que faire devant ce visage d'une infinie pâleur.

—Ma dame, je vous en prie!

Jusqu'à présent, j'avais su cacher l'amour que je lui portais. Plus un amour d'enfant, pas encore un amour d'homme. Qu'étais-je, moi, simple écuyer, pour oser lever les yeux sur une châtelaine? Alors je me taisais, me contentant de calmer les battements de mon cœur et de baisser les yeux. Mais pas cette fois. Je la serrai contre moi avec angoisse, épouvanté à l'idée qu'elle puisse mourir. J'aurais voulu lui crier mon amour, je ne sus que la presser maladroitement contre ma poitrine.

Elle ouvrit les yeux. Je rougis et desserrai aussitôt mon étreinte.

—Michel, c'est toi? fit-elle d'une voix d'enfant que je ne lui connaissais pas. Que s'est-il passé?

—Rien, ma dame, rien, je vous parlais de la mort de ce maçon et vous avez eu un malaise. J'allais vous porter vers votre lit et appeler votre nourrice.

Alors que je disais ces quelques mots, elle pâlit à nouveau et posa la main sur son cœur, murmurant:

—Je suis si fatiguée... Aide-moi, veux-tu?

—Oui, ma dame, oui, fis-je en la soulevant de terre et en la déposant sur son fauteuil. Reposez-vous un peu. Je vais chercher de l'aide...

—Non, pas encore! Reste Michel, reste.

Les yeux de Morgane s'étaient emplis de larmes. Pour la première fois, je ne détournai pas les miens et me jetai à ses pieds.

—Ma dame, dis-je gravement, ma vie vous appartient. Ne pleurez plus, je vous en conjure.

—Ne sois pas si grave, Michel, et pardonne ma faiblesse. Ce n'est que la santé de messire mon époux qui m'inquiète fort. La nuit ne m'a pas été douce. Tu peux me laisser maintenant.

Je me redressai, très pâle. Elle n'avait pas même semblé entendre ce que je venais de lui dire. Une drôle de douleur me fouailla le cœur.

Je me sentais rejeté, pire, je n'existais pas pour elle. Je n'avais jamais existé.

—Vous... ma dame...

Les mots se bousculaient sur ma langue.

—Qu'y a-t-il Michel ?

—Seriez-vous... contre moi ?

Un sourire illumina soudain son joli visage. Elle me tendit la main, ses doigts effleurant les miens.

—Non, je ne suis pas fâchée, bien au contraire, Michel. J'ai tant à me soucier en ce moment, que je ne vois plus rien. Je te remercie de cette vie que tu m'as offerte. Je ne puis l'accepter, tu le sais, mais...

Morgane se tut soudain. Je la fixai sans plus détourner les yeux et sentis qu'elle se troublait.

—Ta compagnie m'est douce, Michel, reprit-elle. Ta musique aussi, alors que tout autour de moi est si cruel.

Une légère rougeur monta à ses joues. Elle attrapa son ouvrage et ordonna :

—Tu peux me laisser. Cela va mieux.

Rendu muet par ce que j'avais perçu dans sa voix, je m'inclinai très bas et sortis.

Chapitre 28

— Que faites-vous donc ici, jeune Gallardon ? m'interpella messire Thibaud que je croisai dans les escaliers du donjon.

— Dame Morgane m'a envoyé chercher pour lui jouer de la viole, messire.

— Ah ! Bien, bien, marmonna-t-il sèchement. Ne vous attardez pas, dépêchez-vous de rejoindre votre maître d'armes. Un écuyer n'est pas fait pour la mollesse ni pour la compagnie des dames.

— Je ne fais qu'accomplir mon devoir d'écuyer auprès de dame Morgane de La Roche, messire, rétorquai-je.

Mais déjà, Thibaud avait tourné les talons, frappant à la porte de sa belle-sœur.

—C'est moi, ma dame, Thibaud.
—Entrez!

Chapitre 29

La porte se referma derrière lui et, songeur, je poursuivis ma descente. Peu de gens aimaient Thibaud, mais tous lui reconnaissaient un grand talent pour gérer le domaine. On disait aussi que son frère Guillaume voulait le pousser dehors, et que seule sa santé et son désir forcené de solitude l'en empêchaient. Des bruits couraient sur la mésentente des deux frères. Des querelles qui remontaient à une enfance durant laquelle ils n'avaient cessé de s'affronter.

Je haussai les épaules : tout cela n'était pas mon affaire. Je descendis les escaliers quatre à quatre, refaisant derrière l'homme de garde le chemin en sens inverse.

Une fois à l'air libre, je respirai plus à l'aise,

avec toutefois le sentiment étrange de sortir d'un rêve. Le visage de Morgane flottait devant mes yeux, et je sentais encore la douceur de sa joue contre la mienne.

Thomas me rejoignit et m'entraîna à l'écart.
—Tu l'as vue?
—Oui.

Je n'avais pas envie d'en dire plus. Je voulais juste me rappeler que je l'avais tenue dans mes bras et qu'elle s'était troublée…

—Tu fais une drôle de tête, observa mon ami. Je voulais seulement savoir comment elle allait et si les derniers événements ne l'avaient pas trop effrayée.

À ces mots, l'image de Morgane évanouie me revint brutalement à l'esprit. Qu'avait-elle bien pu penser en cet instant? Craignait-elle pour quelqu'un ou pour elle-même?

—Michel!

La voix mécontente de Thomas me ramena à la réalité.

—Que s'est-il passé à la fin? Tu me caches quelque chose.

—Non, Thomas! protestai-je. Morgane a simplement eu une drôle de réaction quand je lui ai parlé de la mort du maçon. Elle n'était pas au courant et…

—Que s'est-il passé?

Je lui expliquai le malaise de Morgane, omettant de dire que je l'avais serrée dans mes bras et portée jusqu'à son fauteuil.

—Pourquoi ça? fit-il. Quand le maître d'œuvre est mort, elle était effrayée, mais pas au point de s'évanouir, et là, la disparition de ce maçon lui cause un malaise?...

—Peut-être a-t-elle peur pour sa propre vie?

—Je ne crois pas. C'est une fille de seigneur, elle sait manier l'épée et ne craint pas la mort.

—Si elle ne craignait pas pour elle-même, alors c'était pour un autre. Peut-être a-t-elle pensé qu'un proche a commis les meurtres?

—Tu penses la même chose que moi?

—Guillaume, son époux! Celui qui a commandé de mystérieux travaux au maître d'œuvre! Non, cela serait insensé, pourquoi ferait-il une chose pareille? Et tu oublies le fou! Cela fait un coupable de trop... à moins qu'ils ne soient liés, aussi, dans le crime.

Le maître d'armes nous rejoignit et nous nous tûmes, heureux d'interrompre le cours de si dangereuses pensées.

Chapitre 30

En sortant de chez la châtelaine, Thibaud se trouva face au fou qui l'attendait les bras croisés.

— Que fais-tu là, toi ? lança-t-il en le toisant avec mépris.

— Je viens vous chercher pour vous conduire à mon maître, chantonna l'autre en esquissant une révérence. Il vous attend.

— Je sais aller à ses appartements, rétorqua sèchement Thibaud. Je n'ai pas besoin de toi pour cela.

— Je n'ai pas dit qu'il vous attendait à ses appartements.

— Que veux-tu dire ? Parle ! Où est mon frère ?

— Il vous attend dans les souterrains, messire.

À ces mots, le sire de La Roche pâlit.

— Pourquoi ça ?

— Les volontés du maître... commença le nain en esquissant une pirouette, ... sont les volontés du maître ! termina-t-il brusquement.

— Passe devant, je te suis, ordonna Thibaud en glissant la main vers la garde de son épée.

Chapitre 31

Le fou leva sa torche et les deux hommes s'immobilisèrent. Ils étaient dans un étroit boyau où débouchaient plusieurs couloirs. Des relents d'humidité leur arrivaient par bouffées et, autour d'eux, les ténèbres étaient épaisses. Thibaud n'était jamais venu dans cette partie des souterrains. Mal à l'aise, il resserra l'étreinte de ses doigts sur son arme.

—Ici, fit le fou en glissant son flambeau dans un cône de fer fixé à la paroi. Ici, le maître vous voit et vous entend. Je reviendrai vous chercher tout à l'heure quand il en aura fini avec vous.

Thibaud n'eut pas le temps de protester que déjà le nain avait disparu, le laissant dans le halo lumineux du flambeau au milieu de nulle part. Il tourna sur lui-même en fouillant l'obscurité du regard.

—Où es-tu, Guillaume? lança-t-il avec nervosité.

Le silence. Puis soudain, un frôlement sur sa droite. Thibaud fit volte-face mais ne vit personne.

—Montre-toi enfin!

Il pivota encore, tendu.

—J'en ai assez de ce jeu dont toi seul connais les règles...

Enfin, une voix lui répondit:

—Je me montrerai quand je l'aurai décidé.

Thibaud s'immobilisa alors que la voix poursuivait:

—Mais ne t'inquiète pas, mon frère, je ne t'ai pas fait venir pour jouer.

Les dernières syllabes résonnèrent lugubrement et, malgré lui, Thibaud sentit la peur l'envahir. La haine et la peur. Avec son frère, il avait toujours balancé entre ces deux sentiments, lui en voulant d'être l'aîné, d'être celui qui possédait tout, alors que lui n'avait droit à rien. Comme tant de cadets de famille, il aurait dû partir pour faire fortune au loin. Seulement il n'était pas parti. À la mort de leur père, Guillaume lui avait demandé de rester pour l'aider à gérer le domaine, lui assurant une rente et quelques terres en fermage en plus du gîte et du couvert. Thibaud l'avait détesté pour cette démonstration de charité qui l'avait rabaissé, trouvait-il, au rang d'un serviteur ou d'un vassal, alors que le même sang coulait dans leurs veines.

Et puis, il y avait eu l'arrivée de Morgane, la Lombarde. Une enfant de douze ans élevée chez eux par sa nourrice. Une enfant sauvage et tendre que Guillaume avait apprivoisée, lui offrant des poupées et des jouets de bois. Une enfant qu'il épousa à quatorze ans avant de partir guerroyer en Orient, le laissant lui, Thibaud, seul maître du domaine.

— Te voilà bien silencieux, fit la voix de Guillaume. Tu sais pourquoi je t'ai fait chercher, n'est-ce pas ?

Ses yeux s'accoutumant à l'obscurité, Thibaud discernait maintenant dans la pénombre du tunnel, sur sa droite, une ombre plus noire que les ténèbres qui l'entouraient ; une ombre qui devait être celle de son frère.

— Non, je ne vois pas. Que me veux-tu à la fin et pourquoi nous retrouver ici plutôt que dans tes appartements ?

— Parce que dorénavant, tu ne mettras plus

les pieds dans le donjon. Je veux que tu arrêtes de tourner autour de ma femme! gronda la voix de Guillaume. Je pourrais te faire pendre pour moins que cela.

Un goût de fiel envahit la bouche de Thibaud qui répondit rageusement:

—Tu ne la mérites pas!

—Et toi oui?

—Plus que toi! Elle est jeune et belle et tu n'es qu'un...

—Silence! Tu oublies que je suis aussi ton seigneur!

Thibaud ravala la réponse cinglante qui lui montait aux lèvres. Son frère était l'aîné, et jusqu'à sa mort, son autorité resterait incontestée, y compris sur leurs vassaux.

—Tu ne la verras plus! reprit la voix radoucie de Guillaume. Je te l'interdis à compter d'aujourd'hui.

—Tu ne peux pas me demander ça! protesta Thibaud avec désespoir.

—Si, je le peux et je le fais! Si tu me désobéis, je t'oublierai dans les cachots de ce château et les rats se disputeront ton sang et ta chair.

Un long moment passa. La sentence prononcée par son aîné résonnait encore dans la tête de Thibaud quand le fou jaillit soudain devant lui, attrapant la torche et le saluant avec ironie.

—Le maître est parti, messire. J'ai ordre de vous reconduire au château.

Chapitre 32

Il faisait froid, mais les eaux de la Seine scintillaient sous le soleil. Précédées par le nain, Morgane et sa nourrice, la vieille Bianca, descendaient d'un pas lent le sentier menant aux berges du fleuve. Elles parlaient dans leur langue. Morgane riait comme une enfant et la nourrice lui chantonnait des airs de chez elles. La grosse femme portait au bras un panier d'osier empli de linges propres, d'une brosse dure, d'un savon et d'une huile de lavande venue de leur lointain pays.

Elles arrivèrent bientôt à un endroit que Morgane aimait plus que tout : une sorte de bassin naturel au pied des falaises où elle se baignait été comme hiver.

Le fou regarda autour de lui, vérifia que nul ne pouvait gêner ses maîtresses et, après les avoir saluées, fit demi-tour, remontant le sentier. Une fois hors de vue, il s'assit au pied d'un chêne et se mit à sculpter de la pointe de son coutel*, l'écorce du bâton de marche qu'il avait pris avec lui ce matin-là.

De la buée s'élevait des lèvres de la jeune femme alors qu'elle s'adressait à sa suivante.
—Enfin seules, ma Bianca. Déshabille-moi, veux-tu ? Nous sommes bien ainsi, c'est mon endroit préféré, tu le sais. Cela me rappelle notre rivière, là-bas, sur les terres de mon père.
—Oui, maîtresse, mais tenez-vous un peu tranquille, la sermonna la vieille en délaçant le corset puis les liens maintenant l'épais jupon.
Morgane l'aida à faire glisser la lourde robe de drap vert. Une fois nue, elle s'étira avec volupté, laissant le froid mordre sa peau blanche. Enfin, elle descendit dans l'eau transparente comme glace. Bianca protesta, lui faisant signe de revenir, mais déjà Morgane plongeait, ignorant ses recommandations de prudence.

Chapitre 33

Aurait-il dû faire demi-tour ou baisser les paupières ? Sur le moment, Thomas n'avait pas pu, pétrifié par la beauté de ce corps pâle qui s'enfonçait dans l'eau.

Bien sûr, à chacune de ses visites au donjon, il l'avait devinée belle. Comme les autres, il l'avait rêvée nue, mais jamais il n'aurait pu imaginer la blancheur laiteuse de sa peau ni la rondeur de ses seins…

Morgane se retourna en riant, éclaboussant la nourrice qui se recula en la grondant d'une voix bourrue. Elle sortait lentement de l'eau.

Fasciné, Thomas écarquilla les yeux. C'est à ce moment qu'il entendit un infime craquement de feuilles sèches derrière lui. Il n'eut pas le temps de se retourner. Quelqu'un lui saisit les cheveux, l'attirant brutalement en arrière.

Il se retrouva assis, un genou lui broyant les reins, la tête renversée. Il essaya de se débattre, de ruer des jambes, mais l'autre le maintenait fermement. Son cri de rage mourut avec la brûlure de la lame dans sa chair. Une morsure atroce, puis plus rien. La nuit.

Chapitre 34

Jamais je n'aurais dû me disputer avec Thomas. Surtout à cause de Morgane. Lui, si calme, était parti furieux à travers bois et je n'avais rien fait pour le retenir ni pour m'excuser de ma colère et de ma mauvaise foi.

J'avais mal réagi à ses questions, gêné de devoir lui mentir, heureux de me retrouver seul avec les images que j'avais gardées de la châtelaine.

Seulement, le temps avait passé. La nuit approchait, je m'étais calmé et l'appel des trompes avait retenti nous rappelant tous au château.

La seule personne manquant à l'appel, c'était mon ami.

Je partis à sa recherche, certain de le dénicher dans un endroit que nous aimions tous deux : un petit nid de verdure tapissé de mousse et de fougères au pied des hautes falaises de craie.

J'avais raison : il n'en était pas loin, immobile, allongé de tout son long dans les fourrés. Sur le moment, je crus qu'il s'était endormi. Pas longtemps. Une vaste mare brune s'était coagulée autour de lui, souillant son pourpoint et le tapis de feuilles sèches sur lequel il reposait.

J'avançai encore d'un pas, refusant ce que je voyais, cette large blessure sanglante à sa gorge par laquelle on lui avait ôté la vie sans lui laisser la chance de se battre pour mourir en homme.

Je me détournai pour vomir et rentrai en titubant au château avant de revenir avec le maître d'armes et des soldats. Nous avons déposé le cadavre sur une civière. Un cadavre de plus, un cadavre de trop. À ce moment je me jurai... Non je jurai, à Thomas, de le venger.

Chapitre 35

Cette nuit-là, je sortis en silence du dortoir, mon hermine glissée dans mon pourpoint, ma dague à la main. Je commençais à connaître le château, mais je savais que cela ne serait pas aussi facile de se repérer dans les souterrains ni dans le donjon. Pour cela, j'avais besoin de Maiole.

Une fois passé le barrage des gardes — ils dormaient ou jouaient aux dés —, je pénétrai sous le porche menant au donjon et sortis l'hermine de mon vêtement en déroulant la longue laisse que j'avais attachée à son cou. Il était hors de question que j'allume un flambeau, mais heureusement, de loin en loin, la flamme d'une torche éclairait les parois recouvertes de salpêtre.

Tout reposait sur Maiole et je lui laissai peu de longueur. Elle sembla comprendre ce que j'attendais d'elle et fila sans hésiter vers l'entrée du premier boyau.

Je ne sais pas combien de temps nous mîmes, mais cela me parut une éternité. Malgré l'atmosphère humide et froide, malgré ma détermination, je sentais une sueur glacée m'inonder les reins. J'avais peur. Peur de cette nuit, de ses bruits, du souffle des chauves-souris, de la course des rats autour de moi...

Soudain, Maiole s'arrêta. Devant nous, une porte de fer encadrée par deux torches.

Je laissai le temps à mon cœur de se calmer un peu, à mon souffle de s'apaiser, à mon courage de se raffermir et, lentement, je poussai la porte en priant pour que Maiole m'ait bien mené là où je voulais aller.

La nuit et ses étoiles ne m'avaient jamais paru aussi belles qu'après cette folle course sous terre : j'étais bien dans la cour, au pied du donjon.

Les voix des guetteurs retentissaient sur les remparts, me rappelant que le plus dur restait à faire. J'étais venu jusque-là pour venger Thomas et affronter celui que je savais être l'assassin : Guillaume, seigneur de La Roche-Guyon.

Chapitre 36

Dans le donjon, tout était silencieux. Aucune lumière hormis dans l'escalier en colimaçon, où, de loin en loin, étaient plantés des flambeaux. J'avais dépassé l'étage où vivait Morgane et j'arrivai bientôt au second. Là, je m'immobilisai, les sens en alerte.

Au-dessus de moi, une volée de marches menaient aux postes de guet. Sur ma droite, un large palier desservait une unique porte de bois noirci.

J'attachai la laisse de mon hermine à la rambarde de fer et m'avançai. Les seuls bruits que je percevais étaient ceux, trop forts, des battements de mon cœur. Une peur singulière me tenaillait une nouvelle fois le ventre, plus forte que celle qui m'avait étreint dans les souterrains et, pourtant, je continuai à marcher.

Enfin, je posai ma main sur le loquet. Le froid du métal me fit reprendre mes esprits et la sensation d'avoir mon couteau bien en main me réconforta. Je poussai le battant, qui s'entrebâilla en grinçant.

Le silence retomba, lourd, inquiétant, presque palpable.

J'attendis un moment puis entrai dans l'appartement du seigneur, écrasant la menthe fraîche et la verveine qui recouvraient le plancher.

Malgré la fenêtre grande ouverte et l'épais tapis d'herbes, l'odeur était partout. La même que le jour où j'avais croisé le fou : une odeur de charnier, de sang, de tombe fraîche, de souillure. Une odeur dont je ne connaissais pas l'origine, mais qui m'emplissait d'épouvante.

Au fond d'un brasero, des braises mourantes jetaient une lueur rouge sur toutes choses, éclairant d'une clarté sinistre le lourd rideau de drap qui coupait la pièce en deux. Un rideau que soulevait le vent qui entrait en rafales dans la pièce. J'eus un frémissement en songeant à la mort de l'architecte ; c'est d'ici que son corps avait été précipité dans le vide, d'ici que l'assassin... Mieux valait penser à autre chose.

Je levai la main pour saisir la draperie et, retenant mon souffle, l'écartai d'un geste.

Une petite lampe à huile éclairait un lit de camp défait, un bahut sur lequel étaient posés des manuscrits, un lutrin avec un énorme livre de cuir, une bassine emplie d'eau, des linges propres, des onguents dans des pots...

Personne.

Je m'avançai d'un pas, laissant les plis du tissu retomber derrière moi.

Je fis à peine un pas et entendis à nouveau la porte grincer. Quelqu'un venait de la refermer, le plancher craqua. Je m'immobilisai en retenant mon souffle. Peut-être un garde? Mais non, ce n'était pas possible. Je le savais, aucun d'entre eux n'oserait pénétrer dans les appartements de Guillaume.

Le craquement se répéta. Tout proche. J'imaginai une silhouette difforme, un visage monstrueux, la terrible odeur me tournait le cœur et mon courage vacillait. Pourquoi étais-je venu là? Je repensai à Thomas et mes doigts se resserrèrent sur la garde de mon poignard. Une main écarta d'un geste brusque le rideau.

Je n'eus pas le temps d'esquiver la masse d'armes que le fou brandissait. J'eus l'impression que mon crâne explosait et mon couteau m'échappa des mains alors que je basculais en avant.

Chapitre 37

Je me réveillai allongé sur une paillasse dans une sorte de cachot, un cul de basse-fosse creusé à même la roche. Je ne savais plus où j'étais et la douleur qui me vrillait le crâne m'empêchait de réfléchir.

Par une meurtrière entrait l'air et le froid de la nuit. Mais je n'étais pas seul. Une chandelle diffusait une faible clarté et, en face de moi, immobile et sinistre, était assise la silhouette d'un homme enveloppé d'une épaisse cape de pèlerin à la capuche relevée. J'essayai en vain de discerner ses traits.

La puanteur était toujours là, atroce, plus présente encore.

Je portai la main à ma ceinture mais n'y trouvai pas mon arme.

—Tu n'as plus ton couteau, jeune Gallardon, fit une voix rauque dont je ne reconnus pas les inflexions.

—Vous êtes...

—Je suis Guillaume, seigneur de La Roche-Guyon, et tu es Michel de Gallardon, le fils de ma cousine Catherine. Maintenant, silence! C'est moi qui pose les questions. Que faisais-tu dans mes appartements?

Non sans difficulté tant la tête me tournait, je m'assis sur ma paillasse, rassemblant mes esprits et lançant avec force:

—Je suis venu vous demander compte de la vie de l'écuyer Thomas de Roucy, mon ami et mon frère de sang, que vous avez lâchement assassiné tout comme vous avez tué le maître d'œuvre et son premier ouvrier.

Je m'attendais à une réaction violente, mais pas au rire qui salua ma tirade. Un rire triste, mais un rire tout de même.

—Tu me fais penser à ta mère, jeune Michel. Tout comme elle, tu as le feu au sang!

—Vous ne m'avez pas répondu, rétorquai-je, désarçonné malgré moi par sa réaction.

—Quelle preuve as-tu de ma culpabilité ? ajouta calmement Guillaume.

—Eh bien...

—Tu n'en as aucune, jeune fou ! gronda-t-il soudain. Aucune, car je ne suis coupable d'aucun des crimes dont tu m'accuses.

—Pourquoi vous cachez-vous alors ? répliquai-je avec impétuosité.

—Tu veux vraiment le savoir ?

Il y avait quelque chose de sinistre dans celui qui me faisait face, dans sa voix aussi, une menace que je ne m'expliquais pas, et je n'étais plus tout à fait aussi sûr de vouloir tout connaître de lui. Son odeur me soulevait le cœur et j'en oubliai les raisons de ma venue ici. Pourtant, je me forçai à réagir.

—Oui, je veux tout savoir, m'entendis-je répondre.

—Vraiment ? Eh bien, tu seras donc le premier, Michel.

Ce faisant, le seigneur de La Roche ôta sa capuche et laissa tomber à terre son long manteau.

Chapitre 38

Je fermai les yeux tant la vue de Guillaume de La Roche, ou plutôt de ce qu'il restait de lui, était insupportable.

Sa chair partait en lambeaux gris. Son visage n'avait plus rien de celui d'un homme. C'était un mufle d'animal recouvert d'une peau squameuse et de pustules suintant d'un liquide jaunâtre.

Son nez semblait prêt à tomber, l'une de ses mains n'était plus qu'un moignon et sa jambe droite était atrophiée. C'était un monstre.

Il fit un mouvement vers moi, mais je me dressai d'un bond, m'adossant au mur. Il portait les terribles stigmates de la maladie venue d'Orient avec les bateaux des Croisés.

— Un lépreux ! Vous êtes lépreux ! Ne m'approchez pas ! hurlai-je, terrifié à l'idée que, moi aussi, je puisse un jour ressembler à ça.

— Je n'allais pas te toucher, jeune Gallardon.

Il ramassa avec difficulté son manteau et s'en revêtit avec des gestes lents avant de se rasseoir. Une infinie tristesse me serra soudain le cœur. Me revinrent en mémoire les paroles de Thomas sur le guerrier magnifique qu'il avait été, sur sa vaillance, sa beauté. J'eus honte de ma réaction et murmurai :

— Pardon, seigneur.

— Voilà pourquoi je me cache de tous, Michel, reprit Guillaume en relevant sa capuche pour masquer ses traits. Pour leur éviter la vue de ma souillure, de mon infamie, de cette lèpre qui me ronge depuis que j'ai quitté Jérusalem. Mais, tu vois, cette maladie est aussi la preuve de mon innocence. Je ne pourrais même pas, si je le voulais, étrangler quelqu'un avec ce qui me reste de force. Mes doigts, comme le reste de mon corps, me refusent toute tâche. Je ne peux ni courir ni marcher normalement et il m'arrive même de ramper quand mes jambes refusent de me porter. Quant à mes yeux... je serai bientôt aveugle. Je ne supporte déjà plus la clarté du soleil; seule la nuit de ces souterrains me convient encore.

Sa voix s'étrangla dans sa gorge.

—Pardon, seigneur, répétai-je. Je ne savais pas.

—Non, tu ne savais pas. Personne ne sait, hormis ma femme et mon frère. Le fou aussi, bien sûr, qui est assez fol pour me soigner de ses mains.

Je fronçai les sourcils, lui avouant ce qui me tarabustait depuis un moment :

—Et si c'était le fou, votre fou ?

Il y avait de la tristesse dans la voix de Guillaume quand il me répondit :

—Mon fou ? Mais c'est un serviteur fidèle, Michel.

—Pourtant, m'obstinais-je, il paraît qu'il a menacé les serviteurs du château. Il les effraie, apparaît et disparaît comme un diable.

—Je ne vois là rien de bien redoutable, Michel. Par contre, les palefreniers ont failli le lapider. Il serait mort si le capitaine de ma garde n'était pas intervenu. Les gens n'aiment que ce qui leur ressemble. Sa seule arme, c'est sa langue. Il est habile en paroles et, à cause de sa folie, il connaît bien plus de choses sur la vie que toi et moi.

—Pourtant, il est le seul, après vous, à savoir si bien les méandres de ce château. Il connaît tous les secrets de ces souterrains.

—C'est vrai. Mais pourquoi aurait-il tué le maître d'œuvre ou son ouvrier ou le jeune Thomas ?

—Pour se venger d'une attitude blessante ou d'une injure, je ne sais pas... Pour le pouvoir qu'il a sur vous... Vous dépendez de lui pour tout. Il est vos bras, vos jambes...

Le seigneur de La Roche secoua négativement la tête, et je me tus. Tout semblait tellement accuser Guillaume que je n'avais pas vraiment réfléchi à une autre possibilité ! C'était bien lui, l'être qui rôdait la nuit dans le château, sauf que ce n'était pas un démon comme le pensait mon vieux Gui, mais juste un homme désespéré, malade et affreusement seul. Quant au fou, je n'étais pas sûr de comprendre ses motivations.

—Qui a tué alors ? murmurai-je. Et pourquoi ?

Le triste rire s'éleva à nouveau. La silhouette affaissée de Guillaume ne me paraissait plus effrayante, mais pitoyable.

—Tout d'abord, j'ai cru que le maître d'œuvre avait basculé de lui-même dans le vide, non qu'on l'avait poussé, murmura-t-il.

—Thomas m'a dit qu'il avait vu quelqu'un dans vos appartements. Une silhouette avec une robe de bure.

—Ce n'était pas moi ni mon fou. J'étais dans le château en train d'observer la vie de mes gens.

—Et le fou?

—Je ne sais plus, mais ce n'est pas lui, s'obstina le seigneur.

—Vous voyez! m'écriai-je triomphalement, ce pourrait être lui. Mais que faisiez-vous, m'avez-vous dit?

—Je regardais, j'écoutais. Ce sont mes seules occupations, même si je n'en suis pas fier. Je survis grâce à elles. Parfois même j'effraie ceux qui ne se conduisent pas dignement. Sur mes ordres, le maître d'œuvre m'a construit tout un réseau de passages secrets, y compris dans cette tour où je peux me déplacer dans un espace entre les murs. J'entends aussi toutes les conversations du donjon par un dispositif d'amphores en terre qui renvoient les sons jusqu'à mes appartements.

Guillaume se tut et je repris:

—Vous avez dit que tout d'abord vous aviez cru qu'il avait basculé de lui-même. Mais maintenant, que croyez-vous?

—Je ne sais pas. Je suis si fatigué.

J'eus le sentiment qu'il me mentait, ou plutôt, non, qu'il voulait me cacher quelque chose. Et, comme quand le soleil jaillit soudain entre les nuages dispersés par le vent, la vérité m'apparut dans toute sa simplicité. Exalté, je lançai :

—Il faut vous montrer à vos sujets, seigneur ! Peu importe la lèpre, votre aspect, cela vaudra mieux que les légendes cruelles qui courent sur votre compte ! Il faut vous montrer et punir le coupable ! La peur règne dans le château. Vos hommes vous réclament. Combien de fois ai-je entendu le maître d'armes et le capitaine du château demander la possibilité de vous voir ?

—Me montrer alors que même ma femme ne m'a jamais vu ainsi ?

Je songeai à la douce Morgane et j'essayai en vain d'imaginer le désespoir absolu qu'avait dû éprouver Guillaume en la retrouvant, si jeune, si belle, si désirable, alors que lui n'était plus un homme, mais juste un condamné à mort, dangereux pour tous, contagieux. Ma jalousie s'était envolée. Je comprenais mieux la tristesse de la châtelaine et je n'étais plus que tristesse moi-même.

—Montrez-vous d'abord à elle, seigneur, et faites rassembler vos hommes dans la cour du château.

Guillaume se tut un instant et ferma les yeux.

— J'ai trop attendu pour cela. J'aurais dû le faire dès mon retour, au lieu de cela je me suis caché comme une bête honteuse.

— L'assassin ne s'arrêtera pas, insistai-je. Il est allé trop loin. Qui va-t-il tuer maintenant ?

Il releva les paupières et me regarda. Je sentis soudain un changement dans son attitude. Il se redressa un peu et sa voix s'affermit.

— La maladie et la souffrance sont des compagnes cruelles, elles nous volent notre humanité et notre jugement. J'ai déjà pensé à tout cela, Michel, et j'avais choisi une autre voie. Mais tu as bien fait de venir me voir. De m'apporter ton souffle, ta vie. Va maintenant, tu es libre.

— Mais…

— N'oublie pas que je suis le seigneur de ce château !

— Non, messire, je ne l'oublie pas.

— Le fol va t'accompagner et te conduire jusqu'au capitaine de ma garde. Qu'il sonne le rassemblement non seulement pour les hommes d'armes mais aussi pour les serviteurs. Je me rendrai bientôt devant eux avec ma dame.

Chapitre 39

Avant de rejoindre Michel, le fol avait conduit dame Morgane aux appartements de son époux. Le moment était inhabituel car il faisait grand jour.

Par les fenêtres ouvertes entrait le soleil. La jeune femme s'avança dans la pièce et s'arrêta devant le rideau de drap noir.

—Je suis là, messire, fit-elle.

—Oui, Morgane. Oui, ma dame.

La voix de Guillaume était plus douce qu'à l'accoutumée, infiniment triste aussi.

—Que désirez-vous, mon seigneur?

—Me croyez-vous coupable des meurtres commis en ce château, Morgane?

Morgane se troubla, hésita, puis redressant le menton, fixa fièrement le rideau.

—Je l'ai cru un instant, seigneur, avoua-t-elle avec franchise, car tout vous accusait... Mais je ne le crois plus. L'homme que j'ai épousé est incapable d'une telle infamie.

Le silence retomba.

—Guillaume, fit Morgane. Guillaume, vous ne dites rien?

—Si, ma dame, si. Merci d'avoir tant de beauté en vous. Vous avez souvent demandé à me voir. Le désirez-vous encore?

—Oui, seigneur.

—Vous savez combien la lèpre est effrayante? Je ne ressemble plus à celui que vous avez aimé, ma dame.

—Je le sais Guillaume. Nous n'en avons jamais parlé, mais chez nous, en Lombardie, mon père m'a emmenée voir des lépreux. Il aimait à les soigner et m'a appris à le faire. Alors oui, Guillaume, je veux toujours vous voir et plus que ça encore.

Le rideau se souleva lentement et le seigneur se dressa devant sa femme.

Elle n'esquissa aucun geste d'horreur, ne se voila pas la face. Un sourire triste éclaira son visage et elle s'approcha.

Ce fut son mari qui recula d'un pas, levant sa main valide d'un geste effrayé.

—Non, ne bougez pas, ma dame! Ne m'approchez pas, je vous en conjure!

—Il le faudra bien, seigneur, puisque dorénavant, c'est moi qui vous soignerai!

—Jamais!

—Vous ne pouvez pas me refuser cela, Guillaume, plus maintenant!

—Ma dame...

La main de Morgane effleura le visage grisâtre.

—Non, ma dame, je vous en prie!

Un tremblement terrible secouait le corps de Guillaume. L'émotion lui nouait la gorge, l'empêchant de parler.

—Je sais ce qu'il faut faire et ce qu'il ne faut pas faire avec la lèpre, mon ami. Regardez, le fol vous touche et il n'est pas malade! Je ne le serai pas non plus.

Une clameur dans la cour en contrebas les attira tous deux vers la fenêtre.

Soldats, écuyers, serviteurs se rassemblaient au pied du donjon. Les trompes du guet retentissaient, appelant les retardataires.

—Que se passe-t-il, mon seigneur? demanda Morgane.

Guillaume le lui expliqua rapidement.
— Il faut descendre, ma dame.
— Oui, seigneur.
Et tous deux apparurent bientôt en haut des marches dominant la basse-cour. Le fou était un peu en retrait derrière ses maîtres : le seigneur, enveloppé de son épais manteau, sa capuche masquant ses traits, se tenait très raide, dame Morgane, pâle et souriante, à son côté.

Chapitre 40

Des exclamations saluèrent l'apparition du couple, puis des murmures parcoururent la foule. Enfin, les soldats frappèrent leurs boucliers de la garde de leurs épées pour saluer le retour de leur maître. Même les servantes et les serviteurs, très excités, prenaient part au brouhaha général en tapant du pied. Sur un geste du capitaine de la garde, tous se mirent à scander le nom de Guillaume.

Ce dernier attendit un moment, laissant ses hommes exprimer leur joie, puis il leva lentement sa main valide et le silence se fit aussitôt dans la cour.

Debout au milieu de mes compagnons écuyers, je gardais les yeux fixés sur Morgane.

Jamais je ne lui avais vu expression plus fière que ce jour-là.

Elle était différente, plus lointaine, changée... Je ne savais pas ce qui s'était passé entre eux, là-haut, mais j'eus l'impression, en cet instant, qu'elle était vraiment devenue la châtelaine de La Roche. Dans un même temps, je compris que je la perdais et qu'il ne pouvait en être autrement.

Au premier rang, à ma droite, se dressaient Thierry de Lulle et le capitaine du château, et entre eux deux, la silhouette mince et richement habillée de Thibaud, son dogue d'enfer couché à ses pieds.

Le silence de la foule était lourd, chargé à la fois de tension et de respect. D'émotion, aussi. Pour la première fois depuis son retour d'Orient, le seigneur de La Roche allait s'adresser à ses sujets.

—Il est temps, je crois, fit-il, que vous sachiez tous ici le malheur qui me frappe et qui m'a privé de vous pendant ces sombres années. J'ai combattu l'infidèle en Orient aux côtés des frères Templiers et des frères Hospitaliers. J'ai vu Jérusalem. J'ai embrassé la sainte Lance et puis j'ai repris le bateau pour revenir ici et reprendre ma place auprès de ma dame et parmi vous, mes hommes. Mais Dieu en a décidé autrement. Le bateau sur lequel j'ai embarqué avait un passager que nul n'a envie de croiser : la lèpre !

À ce dernier mot, un murmure terrifié courut parmi l'assemblée. Quelques serviteurs reculèrent, des femmes prirent leurs enfants dans leurs bras, les serrant convulsivement contre elles.

Guillaume avait laissé tomber sa capuche.

Sous la clarté du soleil, il était encore plus monstrueux que dans la pénombre du cachot. La déformation de son visage, les excroissances qui le recouvraient, les écailles de sa peau, les pustules lui donnaient un faciès de bête…

Une femme hurla et tomba évanouie, un flottement se produisit dans les rangs des soldats. C'est le moment que choisirent le capitaine du château et le maître d'armes pour s'avancer vers leur maître. Ils ployèrent le genou devant lui et renouvelèrent d'une voix forte leur serment de fidélité.

À cette vue, gens d'armes et serviteurs s'agenouillèrent aussi. Je fis de même, imité par mes compagnons.

Ému, Guillaume fit signe à tous de se relever. Pendant tout ce temps, Morgane était restée les yeux fixés sur son époux.

—Merci, dit-il simplement. Mais si je suis venu vous parler aujourd'hui, c'est aussi pour que justice soit faite. Des crimes ont été commis dans cette enceinte. Ils doivent être châtiés.

Un murmure courut à nouveau dans l'assistance. Le capitaine des gardes et le maître d'armes s'étaient raidis. Je buvais les paroles de Guillaume. La lèpre ne lui avait ôté ni son esprit ni son talent d'orateur.

—Le maître d'œuvre a été poussé de la fenêtre de mes appartements dans le vide. Sans doute voulait-on obtenir de lui le secret des travaux qu'il avait faits pour moi. Sans doute aussi le lieu d'où il avait basculé devait-il m'accuser moi, Guillaume !

Le capitaine protesta :

—Jamais, seigneur, nous n'avons eu pareille pensée.

—Pas vous, mon fidèle compagnon, mais d'autres ici l'ont eue, cette pensée. Et c'était normal car tout accusait l'habitant de ce donjon que nul n'avait vu et que d'aucuns, entre eux, traitaient de démon.

À ces derniers mots, j'aperçus des serviteurs et des soldats qui baissèrent les yeux. Guillaume en profitait pour dire leur fait à ses gens.

—Ensuite, poursuivit-il, il y a eu la mort du maçon abandonné dans la paille des écuries, et là aussi, tout m'accusait, moi le seigneur sans visage.

—Qui aurait bien pu vouloir t'accuser toi, et pourquoi? fit la voix de Thibaud. Allons, mon frère, ici, tous te sont dévoués. Tout ceci n'est que malencontreuse coïncidence…

—Qui, mon frère? Vous me demandez qui? gronda la voix de Guillaume. Rassure-toi, nous le saurons dans un instant. Enfin, hier, le jeune écuyer Thomas de Roucy a été lâchement égorgé. Pour tous ces crimes, il fallait quelqu'un possédant des mains, des jambes et un corps vigoureux, ce que je ne possède plus, hélas. Mais surtout, il fallait une raison de tuer et je n'en avais aucune.

—Loin de nous l'idée de t'accuser, mon frère, reprit Thibaud.

—C'est bien pourtant ce que vous avez fait quand nous avons parlé tous deux l'autre jour, remarqua le capitaine en se tournant vers lui.

—Vous avez mal interprété mes paroles, capitaine.

—Oui, et moi aussi, sans doute, fit Thierry de Lulle, car c'est bien vous qui, hier au soir, alors que nous nous entretenions, avez accusé votre frère de la mort du jeune Thomas. Vous m'avez fait remarquer, et c'était vrai, que l'écuyer se trouvait près du lieu où se baignait dame Morgane quand il a été assassiné. Vous avez parlé de la jalousie terrible de votre frère !

—Oui, fit Guillaume. Seulement, celui qui était jaloux, c'était toi, Thibaud ! Celui qui la regardait au bain, c'était toi aussi. Toi qui as essayé en vain de courtiser ma femme en mon absence ! Toi qui, depuis ta naissance, regrettes de ne pas avoir été le premier né ! Toi qui as fais de l'envie le seul sentiment dont tu puisses être capable...

—Non, protesta Thibaud. Non, tu mens !

—Saisissez-le ! ordonna sèchement le seigneur de La Roche. Et amenez-le-moi.

Le capitaine et de Lulle attrapèrent Thibaud avant qu'il ne s'empare de son épée. À cette vue, le dogue bondit, se jetant sur eux.

L'un des soldats s'interposa et l'homme et la bête roulèrent à terre. Le dogue essayait de saisir l'autre à la gorge. L'homme hurlait, les gens également. Un des sergents se précipita et plongea sa dague dans le cou de la bête qui, dans un gémissement de douleur, lâcha sa proie avant de retomber morte.

Solidement maintenu par les deux hommes d'armes, Thibaud fut conduit devant son frère.

—J'aurais dû te chasser depuis longtemps, déclara Guillaume en regardant Thibaud, mais je ne l'ai pas fait, par sentiment fraternel.

—C'est faux, tu me méprisais ! Tu m'as toujours méprisé ! cracha l'autre.

—Non, Dieu et ma dame m'en soient témoins. Mais maintenant, oui, Thibaud. Tu n'es plus mon frère. Tu n'es qu'un lâche et un fourbe. Tu as tué le maître d'oeuvre car il ne voulait pas te communiquer le secret de ses travaux, et, pour m'accuser plus encore, tu as tué le maçon. Et ensuite, tu as égorgé ce jeune écuyer parce qu'il regardait dame Morgane et que tu ne supportais pas qu'un autre que toi la convoite. Tu voulais ma mort, Thibaud, ainsi tu aurais récupéré mon domaine et ma femme. Tu as souillé de sang le nom de notre famille. Je te condamne donc à mort !

—Non ! protesta l'autre, très pâle. Morgane, empêchez-le ! Dites-lui que jamais je ne vous ai importunée, dites-le-lui.

—J'ai déjà tout dit à mon époux, répondit calmement la châtelaine et c'est pour cela qu'il vous a gardé auprès de nous à son retour.

Mais pour le reste, je sais, Thibaud, que sa sentence est juste.

Les paroles de Morgane avaient résonné sinistrement. Tout comme la plupart des gens, je ne pouvais détacher mon regard du visage blafard du condamné et me demandais quelle mort lui réservait son frère.

—J'en fais appel au jugement de Dieu ! lança Guillaume. Tu sais, comme nous tous ici, Thibaud, que la lèpre ne touche pas tout le monde et qu'on peut la côtoyer une vie entière sans en hériter.

Je compris enfin quel châtiment Guillaume réservait à son cadet, et je ne pus m'empêcher de frémir.

—Non ! hurla Thibaud alors que le capitaine et le maître d'armes le tenaient fermement.

Guillaume s'approcha de son cadet qui tremblait de tous ses membres et posa sur ses lèvres le baiser de fraternité.

Chapitre 41

Thibaud avait quitté le château et la vie avait repris son cours. Les mois avaient passé, l'hiver était venu, puis le printemps.

Dame Morgane gérait le domaine, soignait son époux, et avait l'œil à tout. Je la croisais parfois à la chapelle, mais il n'était plus question de musique ni de lecture. Elle était toujours aussi belle, mais plus inaccessible encore.

Guillaume s'isolait du monde des hommes et continuait à habiter le donjon. De temps à autre, il me semblait entendre son pas derrière les murailles. J'avais le sentiment qu'il me regardait, mais désormais, c'était réconfortant. Ce n'était plus un démon qui était là, mais un homme que je respectais.

L'entraînement avait repris, plus dur qu'auparavant. Il me faudrait encore bien du temps avant de devenir chevalier. Petit-Luc était devenu mon ami, mais Thomas me manquait toujours. Peu à peu son visage s'effaçait de ma mémoire, mais pas ses gestes ni le souvenir de son rire et des longues soirées passées à discuter au dortoir.

Ce matin-là, Thierry de Lulle nous avait menés à l'esplanade d'entraînement. Nous étions tous alignés devant les grandes cibles de paille, l'avant-bras recouvert d'un manchon de protection en cuir, les archais* à nos pieds, les couires* chargés de flèches à l'épaule.

Je bandai mon arc, priant Dieu de m'accorder la victoire. Une première volée de projectiles siffla dans l'air. Le maître élimina ceux qui n'avaient pas touché le cœur de cible. Nous n'étions plus que trois.

Je bandai à nouveau mon arc. Ma flèche se planta en plein milieu. Cette fois, nous n'étions plus que deux. La flèche de Petit-Luc dévia, la mienne s'enfonça si profondément dans la paille que le maître d'armes eut du mal à l'en extraire.

—Michel est le vainqueur!

Les autres m'acclamèrent, mais moi je ne

pensais qu'à Thomas. À Thomas qui aurait gagné s'il avait été là.

Épilogue

Les paysans s'écartèrent avec horreur devant la silhouette tordue du lépreux. L'homme, agitant sa cliquette*, traversa le village et s'éloigna en boitant, appuyé sur son bâton de marche.

Il y avait déjà longtemps que la lèpre l'avait pris. Cela avait commencé par une insensibilité à la douleur et puis, très vite, les autres symptômes étaient venus, sa peau partant en lambeaux, ses membres pourrissant lentement et ses doigts de pied se détachant d'eux-mêmes...

Harassé de fatigue, le lépreux finit par se laisser tomber sur le bas-côté du chemin, rassemblant ses haillons autour de lui, cherchant d'une main tremblante le morceau de pain rassis qu'une vieille lui avait offert.

La sonnerie d'une trompe le fit sursauter.

Précédée par des oriflammes, une troupe de riches seigneurs montés sur de superbes destriers caparaçonnés passa au trot devant lui.

Le lépreux tendit la main vers eux. Ceux-là étaient d'anciens vassaux, des hommes qui, avant, lui faisaient serment d'allégeance et s'inclinaient devant sa toute-puissance. L'un d'eux lui jeta un denier.

Ils ne furent bientôt plus qu'un lointain nuage de poussière à l'horizon.

Thibaud de La Roche-Guyon hurla sa rage et son envie avant de ramper pour ramasser la pièce de bronze.

Lexique

Archais: étui contenant l'arc et les cordes de rechange.
Bliaud: tunique longue de laine ou de soie, aux manches courtes dans le Sud et longues dans le Nord, serrée à la taille par une ceinture. Habit de la noblesse ou de la grande bourgeoisie.
Braies: caleçon plutôt long et collant au XIIe siècle, retenu à la taille par une courroie.
Broigne: justaucorps de grosse toile ou de cuir recouvert de pièces de métal, ancêtre de la cotte de mailles.
Castel: château.
Chausses: Chaussettes en drap, tricot ou laine, parfois munies de semelles de cuir et maintenues

par des lanières s'attachant en dessous du genou. Les hauts-de-chausses étaient l'équivalent de nos caleçons.

Cliquette : castagnette primitive faite de deux os, de deux morceaux de bois ou d'ardoise… servant de signal aux lépreux, mais aussi, à l'origine, d'instrument pendant les fêtes.

Cordouan : cuir tanné.

Coutel : couteau.

Couire : sorte de carquois permettant le transport des flèches.

Destrier : cheval de guerre.

Droit de haute et basse justice : les seigneurs possédaient sur leurs terres les pouvoirs de commander, contraindre et punir. La basse justice réglait entre autres les différends fonciers, la haute justice, les crimes de sang. Les pouvoirs des seigneurs seront contestés plus tard par le renforcement de ceux de l'Église et des princes.

Eschets : ancien nom du jeu d'échecs.

Fléau : arme composée d'un manche court terminé par une chaîne au bout de laquelle pend une boule hérissée de pointes.

Hongre : se dit d'un cheval châtré.

Hydromel : boisson fermentée faite d'eau et de miel.

Jouvenceau: jeune homme.
Lai: poème narratif ou lyrique du Moyen Âge.
Maiole: premier mai.
Malemort: mort violente ou cruelle.
Myrrhe: gomme résine odorante et médicinale fournie par un arbre d'Arabie, utilisée entre autres comme encens.
Oliban: espèce de gomme résine, appelée vulgairement encens mâle.
Palefroi: cheval de marche ou de parade.
Pastorelle ou pastourelle: genre lyrique au Moyen Âge.
Poterne: porte dérobée située dans la muraille d'enceinte d'un château.
Pourpoint: vêtement d'homme en tissu épais couvrant le torse du cou à la ceinture.
Saponaire: plante portant des fleurs roses et odorantes contenant une substance qui mousse comme du savon.
Servente ou sirventès: chants polémiques ou satiriques, voire politiques.
Viole: instrument de musique à cordes et à archet, un des ancêtres du violon.
Virelai: poème du Moyen Âge, sur deux rimes avec refrain, probablement pour danser.

Pour en savoir plus...

Le château de La Roche-Guyon

Construite au-dessus des méandres de la Seine, sur une falaise, à la lisière du plateau du Vexin, cette forteresse remonte au XIe siècle, temps des affrontements entre Guillaume le Conquérant et les Capétiens.

C'était autrefois, selon les écrits, soit un antre prophétique où l'on prenait les oracles, soit le lieu d'où l'on descendait aux Enfers.

Au XIIe siècle, le château, selon l'abbé Suger, n'était qu'une «ample demeure creusée dans la falaise». Le donjon est construit vers 1185, sous Guy 1er de La Roche. Un étonnant escalier souterrain, creusé dans la falaise, le relie au château.

Après avoir été la propriété des La Roche, il devient celle des La Rochefoucauld. La duchesse d'Enville, amie de Voltaire et de Condorcet, acheva la construction du château Renaissance.

La forteresse retrouvera son utilisation militaire en 1944, lorsque Rommel s'y installera avec son état-major. Des casemates, toujours visibles dans les sous-sols, servent à stocker des munitions et du matériel. Le 25 août, pensant que l'état-major allemand est toujours là, les Alliés bombardent le village.

À noter pour l'anecdote que le château et ses souterrains ont inspiré le célèbre auteur de bandes dessinées belge, Edgar P. Jacobs, qui les utilisa dans *Le Piège diabolique*, l'une des aventures de Blake et Mortimer.

La lèpre

Maladie infectieuse et contagieuse produite par un bacille spécifique dit de « Hansen ». La lèpre est contagieuse et héréditaire. Cette infection de la peau recouvre le corps de pustules et d'écailles, la peau s'atrophie, les doigts et les orteils peuvent tomber spontanément, des nodules déforment le visage.

Importée en Europe par les légions romaines, c'est surtout au moment des croisades qu'elle se propagea de façon redoutable. Pour la combattre, on pratiqua l'isolement, construisant pour les malades des léproseries, des maladreries ou ladreries. À noter que la dernière léproserie européenne a fermé en 2002, au Portugal.

Aujourd'hui, dans certaines parties du monde, la lèpre n'a rien perdu de sa virulence. On ne connaît toujours pas son mode de contagion ni les facteurs permettant à certains individus de lui résister.

Certaines formes venues d'Afrique et d'Extrême-Orient restent dangereuses, mais on possède dorénavant des traitements trithérapiques (trop onéreux, malheureusement) qui permettent d'en venir à bout.

Table des matières

Chapitre 1 5
Chapitre 2 9
Chapitre 3 11
Chapitre 4 17
Chapitre 5 19
Chapitre 6 27
Chapitre 7 29
Chapitre 8 35
Chapitre 9 41
Chapitre 10 45
Chapitre 11 47
Chapitre 12 55
Chapitre 13 61
Chapitre 14 67
Chapitre 15 69
Chapitre 16 75
Chapitre 17 79
Chapitre 18 83
Chapitre 19 87
Chapitre 20 89
Chapitre 21 93
Chapitre 22 97

Chapitre 23	103
Chapitre 24	109
Chapitre 25	115
Chapitre 26	119
Chapitre 27	127
Chapitre 28	133
Chapitre 29	135
Chapitre 30	139
Chapitre 31	141
Chapitre 32	147
Chapitre 33	149
Chapitre 34	151
Chapitre 35	153
Chapitre 36	155
Chapitre 37	159
Chapitre 38	163
Chapitre 39	171
Chapitre 40	175
Chapitre 41	183
Épilogue	187
Lexique	191
Pour en savoir plus...	195

Viviane Moore

De sang italo-irlandais, Viviane Moore est née à Hongkong, dans un pousse-pousse qui, bloqué par les embouteillages, n'a pas eu le temps d'atteindre la maternité la plus proche. Après une arrivée si romanesque dans la vie, elle passe par le journalisme et la photographie avant de se lancer dans l'écriture. Passionnée par le Moyen Âge depuis l'enfance, elle publie aux éditions du Masque une série relatant les aventures du chevalier Galeran de Lesneven, un enquêteur du XIIe siècle, ainsi qu'une trilogie celte, *Ilianday*, un roman de science-fiction chez le même éditeur, puis se consacre à la littérature noire contemporaine avec, entre autres, chez Flammarion, *Tokyo des ténèbres* et *Ombre japonaise*.

Avec *Le Seigneur sans visage*, Viviane Moore revient à ses premières amours, le Moyen Âge, et signe son premier roman pour la jeunesse.

« Que faisait au Moyen Âge, un garçon d'une quinzaine d'années qui n'avait ni télé ni console de jeux ni téléphone portable ? S'il était de bonne famille, il pouvait, par exemple, suivre une formation d'écuyer, comme Michel de Gallardon, dans *Le Seigneur sans visage*. Il apprenait alors à tirer à l'arc, à voler des chevaux, à se battre ou même à tuer. Autant de « disciplines » très utiles à une époque durant laquelle le mot « adolescent » n'existait pas. On y passait de l'enfance à l'âge adulte sans transition, dans un monde de pionniers à la fois sombre, tragique et poétique, mystérieux et violent. Un monde en perpétuel mouvement qui me fascine depuis toujours. »

Viviane Moore

Vivez au cœur de vos passions

- La vie en vrai
- Passion cheval
- Voyage au temps de...
- Aventure
- Histoires d'ailleurs
- Contes, Légendes et Récits
- Policier
- Humour
- Théâtre

CASTOR POCHE

Louison et Monsieur Molière
Marie-Christine Helgerson

n°798

Louison n'a que dix ans quand Molière la choisit pour jouer dans sa dernière pièce. Fille de comédiens, Louison va enfin pouvoir réaliser son plus beau rêve, être actrice. Et pas n'importe où ! À la Comédie Française, devant la cour du Roi Soleil, Louis XVI...

Les années

avec **CASTOR POCHE**

Le quai des secrets
Brigitte Coppin
n°767

Bretagne, 1529. Un navire espagnol fait escale à Nantes. Léonora et son fils Jason sont recueillis par Jean. Bientôt une petite fille, Catherine, vient agrandir la famille. Frère et sœur de cœur, Jason et Catherine grandissent ensemble, font les mêmes rêves. Jusqu'au jour où Jason est contraint de partir. Bien des secrets vont alors être révélés...
Découvrez la suite du Quai des secrets : La route des tempêtes

Les années

avec **CASTOR POCHE**

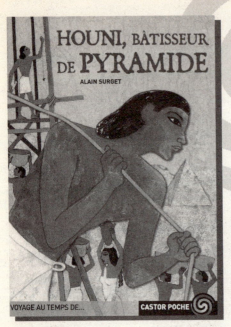

Houni, bâtisseur de pyramide
Alain Surget

n°833

Houni est un jeune paysan égyptien. Comme des milliers d'autres, il est requis pour participer à l'édification de la demeure d'éternité du pharaon Khoufou. Mais ce dernier exige plus grand, plus beau, plus haut que tous ses prédécesseurs. Le chantier va durer trente années, entraînant Houni et tout le peuple éyptien dasn la prodigieuse aventure de la première pyramide.

Les années

avec **CASTOR POCHE**

Le maître de piano
Maurine F. Dahlbeg

n°861

Autriche, 1938. Nina rêve de devenir pianiste. Elle convainc Herr Hummel, professeur de grande renommée tout juste arrivé d'Allemagne, de la préparer au concours de l'Académie de Vienne. Pas à pas, une amitié naît entre Nina et le vieil homme très secret. Avec l'arrivée des nazis au pouvoir en Allemagne, la vérité sur le passé de Herr Hummel va finir pas éclater.

Les années

avec **CASTOR POCHE**

Raïsha, fille du désert
Carine Verleye   n°909

Raïsha appartient à une tribu nomade du Sahara, les Touaregs. Sa famille est noble, et Raïsha est fière de son origine. Avec ses nombreux frères et sœurs, Raïsha grandit au rythme du soleil et de la pluie. C'est pourquoi Raïsha dit parfois que le désert est sa mère, le vent son frère, la nuit sans lune sa sœur. Mais elle est aussi comme toutes les jeunes filles de son âge... Raïsha rêve d'un bel inconnu au visage caché.

Les années

avec **CASTOR POCHE**

L'apprenti
Linda Sue Park

n°912

Lichen n'a pas de parents, il ne connaît pas son âge, il vit pauvrement... et pourtant il est heureux ! Son seul regret, c'est de ne pouvoir devenir un jour potier. Car dans la Corée du XIIe siècle, il faut pour cela être fils de potier... Au village, Lichen admire tant Min, dont l'art est célèbre dans tout le pays ! Un jour, l'Empereur veut passer une très importante commande à Min. Lichen serait prêt à tout pour l'aider, mais le maître est si exigeant...

Les années

avec **CASTOR POCHE**

Chandra
Frances Mary Hendry
n°830

« Je vais me marier ! » annonce un matin Chandra à ses amies étonnées : Chandra n'a que onze ans ! Mais dans la famille de son père, la tradition passe avant tout, même avant la loi indienne, qui interdit ce type de pratiques. Non seulement Chandra doit quitter l'école et ses camarades, mais en plus sa belle famille la traite comme une servante...

Les années

avec **CASTOR POCHE**

Le mystère du feu
Henning Mankell

n°910

Pour Sofia, la journée commence toujours de la même façon : elle fixe d'abord ses jambes en plastique, qu'elle porte depuis qu'elle a marché sur une mine, il y a quatre ans. Sofia discute souvent avec sa grande sœur Rosa, qui a dix-sept ans et lui raconte de mystérieuses histoires d'amour ! Mais ce matin-là, Sofia sent que rien n'est pareil : Rosa est malade...
Deuxième volet d'une trilogie après Le secret de feu.

Les années

avec **CASTOR POCHE**

Zapnoonoo
– Romance à Rome
Todd Strasser

n°878

Toute la famille part en voyage en Italie. Au programme : balades à Rome, cuisine typique et amours de vacances. Tout le monde est ravi sauf Céleste : à vingt-cinq ans, elle n'a jamais pris l'avion !

Les années

avec **CASTOR POCHE**

Zapnoonoo
– La plus belle pour aller danser
Todd Strasser

n°877

Un bal est organisé au collège de Sunnywood ! Tout le monde attend cette fête avec impatience. Surtout Samara, qui espère enfin séduire le beau Parker. Mais une violente tempête s'abat sur la ville. Heureusement, Céleste a plus d'un tour... derrière l'oreille !
Céleste est également l'héroïne de L'inconnue de la cuisine et de La famille ensorcelée.

Les années

avec **CASTOR POCHE**

L'élan bleu
Daniel Pinkwater
n°712

Monsieur Breton est cuisinier, et il se sent bien seul dans son restaurant du bout du monde... jusqu'au jour où un élan bleu frappe à sa porte. Sa vie est bouleversée par cette nouvelle amitié. Attirés par ce drôle d'animal, les clients se bousculent dans le restaurant. Et la soupe aux chipirons de monsieur Breton fait sensation ! La célébrité n'est pas loin, alors...

Les années

avec **CASTOR POCHE**

POLICIER

Double meurtre à l'abbaye
Jacqueline Mirande

n°655

À la fin du XIIe siècle, près de l'abbaye de Hautefage, un pèlerin de Saint-Jacques est assassiné. L'enquête démarre aussitôt. Mais, à chercher les meurtriers, on se demande s'il y a encore des innocents.
Crime à Hautefage (N°725) et Ce que savait le mort de la forêt (N°842) complètent cette trilogie policière de Jacqueline Mirande.

Les années

avec **CASTOR POCHE**

Les enquêtes de Calixte
– Le dormeur du val
Christine Féret-fleury

n°903

- Ah non, c'est pas vrai ! En plus, je vais être dégueulasse... la chaîne du vélo de Calixte a sauté : sa promenade se transforme en cauchemar de cambouis... Et en plus il faudrait respecter le sommeil de ceux qui font la sieste au beau milieu de la forêt ! Mais quelle drôle d'allure a ce dormeur, étendu dans l'herbe, les mains croisées sur la poitrine. Calixte a bien envie d'aller l'observer de plus près...

Les enquêtes de Calixte se poursuivent avec : L'apocalypse est pour demain (N°906), L'assassin est sur son 31 et Certains l'aiment froid.

Les années

avec **CASTOR POCHE**

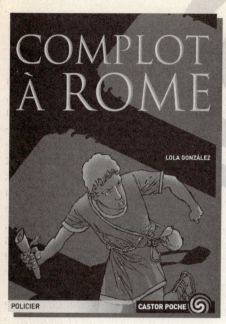

Complot à Rome
Lola Gonzalèz

n°639

À Rome, Jules César meurt, assassiné par les siens. Drusus et Porcia sont en danger : leur oncle, le sénateur Marius Dimitrius, a participé au complot contre César. Avant de mourir, il confie aux deux adolescents un précieux document. Dans une Rome prise dans la tourmente, tout le monde devient suspect. Seuls Drusus et Porcia connaissent la vérité.

Les années

avec **CASTOR POCHE**

Les assassins du cercle rouge
Jean-Paul Nozière

n°593

Qui était vraiment Monsieur Fröbe, ce vieil homme collectionneur d'objets nazis de la Seconde Guerre mondiale, retrouvé assassiné chez lui ? Charlotte et Simon, ses voisins, trouvent des documents secrets qui lui appartenaient. Mais un mystérieux groupuscule, appelé le Cercle rouge, est prêt à tout pour récupérer ces précieuses informations. Les deux adolescents se retrouvent face à l'Histoire.

Les années

avec **CASTOR POCHE**

10 contes des Mille et une nuits n°772
Michel Laporte

Il était une fois, la fille du grand-vizir, Schéhérazade... qui toutes les nuits racontait au prince un nouveau conte. C'est ainsi que naquirent Ali Baba et les quarante voleurs, mais aussi la fée Péri Banou, et le petit bossu... Retrouvez l'univers féerique des Mille et Une nuits à travers dix contes parmi les plus célèbres et merveilleux.

Les années

avec **CASTOR POCHE**

18 contes de la naissance du monde n°900
Françoise Rachmuh

Comment le monde est-il né ?
Est-il sorti d'un œuf comme un
oiseau, d'un ventre comme un
enfant ? A-t-il flotté au fond des
eaux ? Comment était-ce avant
les hommes, avant les animaux ?
Venus des cinq continents, ces
contes peignent des visions
différentes de la naissance du
monde, du ciel et des astres...
jusqu'au moustique !

Les années

avec **CASTOR POCHE**

Amies à vie
Pierre Bottero
n°848

Brune a quatorze ans et partage son temps entre le collège et ses copines. Pourtant, il lui manque une véritable amie. Celle à qui l'on raconte ses joies et ses peines. Un jour, Sonia arrive dans sa classe. Brune comprend tout de suite que Sonia sera cette amie dont elle rêve. Mais Sonia cache un lourd secret. Brune décide d'aider son amie… pour la vie !

Les années

avec **CASTOR POCHE**

De Sacha à Macha
Rache Hausfater-Douieb
Yaël Hassan

n°802

« Il y a quelqu'un ? » Derrière son ordinateur, Sacha envoie des e-mails à des destinataires imaginaires, comme autant de bouteilles à la mer. Jusqu'au jour où Macha répond. C'est le début d'une bien étrange correspondance, pleine de tâtonnements mais aussi de confidences. Peu à peu, les deux inconnus nouent une véritable @mitié.

Les années

avec **CASTOR POCHE**

L.O.L.A.
Claire Mazard
n°732

Qui adresse du courrier à Lola sans le signer ? Pourquoi un inconnu l'a-t-il choisie comme confidente ? Pour la jeune collégienne, ces lettres anonymes sont d'abord agaçantes, puis touchantes, et surtout intrigantes. Lola décide de mener son enquête. Alors que la réponse est si proche d'elle...

Les années

avec **CASTOR POCHE**

Cet
ouvrage,
le neuf cent
quatre-vingt-treizième
de la collection
CASTOR POCHE,
a été achevé d'imprimer
sur les presses de l'imprimerie
Maury Eurolivres
Manchecourt - France
en septembre 2006

Dépôt légal : janvier 2005.
N° d'édition : 2676. Imprimé en France.
ISBN : 2-08-16-2676-4
ISSN : 0763-4497
Loi n° 49-956 du 16 juillet 1949
sur les publications destinées à la jeunesse